最美文 Zui Meiwen 华语心灵畅销佳作

Zui Meiwen

最美文

Zui Meiwen

那时　青春不懂爱

一路开花　陈晓辉／主编

煤炭工业出版社
·北京·

图书在版编目（CIP）数据

那时　青春不懂爱／一路开花，陈晓辉主编. - - 北
京：煤炭工业出版社，2016（2023.1 重印）
（最美文）
ISBN 978 - 7 - 5020 - 5441 - 0

Ⅰ. ①那…　Ⅱ. ①一…　②陈…　Ⅲ. ①散文集—中国—
当代　Ⅳ. ①I267

中国版本图书馆 CIP 数据核字(2016)第 181164 号

那时　青春不懂爱

主　　编　一路开花　陈晓辉
责任编辑　马明仁
编　　辑　郭浩亮
封面设计　宋双成
出版发行　煤炭工业出版社（北京市朝阳区芍药居 35 号　100029）
电　　话　010 - 84657898（总编室）
　　　　　010 - 64018321（发行部）　010 - 84657880（读者服务部）
电子信箱　cciph612@126. com
网　　址　www. cciph. com. cn
印　　刷　北京飞达印刷有限责任公司
经　　销　全国新华书店
开　　本　710mm × 1000mm$\frac{1}{16}$　印张　14　字数　200 千字
版　　次　2016 年 9 月第 1 版　2023 年 1 月第 6 次印刷
社内编号　8304　　　　　　　　定价　46.00 元

目录

CONTENTS

最美文

第五辑　每一场雨洒下的都是思念

留一声问候给秋天

在我们每个人的人生过往中，总会有一些令我们扼腕、遗憾的友情被我们搁置在黑暗的一隅。也许当时我们视之如草芥，弃之如敝屣，但或许对方是视如珍宝，煞费苦心地在经营。人生终归是一个单行道，我们无法回到过去来弥补自己的缺憾。把过去当作一面反思自己的镜子，然后更加珍惜已经拥有的所有，也许这才是那些曾经被我们弃如敝屣的友情的真正意义所在。

Zui Meiwen

宿 店

文 / 师陀

客人投进店里，已是迟暮。

说是店，其实只是沿路而筑的一间小小的石屋。屋后便是岭，石隙里蓬蓬勃勃生长着荆棘和野草，左边植着三五株什么树木，挺拔的树干高高插入夜空。树下有一座羊舍，用红石片砌的，倒也整齐。越过路，正临着门的是那溪涧；至此水势好像大了些，只听见汩汩的响。

店家叼了烟袋，立在路旁，迎候着客人。路上好运气啊！这样招呼着，他堆起笑脸，并没有什么手势。

店家是一个六十余岁的老人，五短身材，倒有一副粗大的骨架，走路时两脚分开，鸭子似的，足见当年挑过重担，出过大的力气。那装束，使见了的人也分不出是他像熊，或者是熊像他，总觉得可笑。

"好了啊。"牧羊女在灶下招呼了一声。老人蹒跚地走了进去，不久就端出半钵热汤，打发客人洗脚，自己也在旁边坐下，一面吩咐那姑娘烧饭，一面又慢慢装上烟袋。小狗卧在老人脚边，呼呼地打着鼾。不知从何处来的雄鸡，在路上拍着翅，咳嗽着昂然踱了进来。

天色渐渐暗下来了，星星在窥着人间。悄寂的夜，沉沉地覆盖着群山，对面那岭在朦胧中露出它的尖顶。矮树同荆棘时时发出呓语的骚嚷。那在暗中发光的路，则寂然伸向远处，是纵然贪路的客人也已落店的时分。只有溪涧里的水潺潺流着，一点也不显出疲倦。

灶下熊熊的火光在门外的路上、在对岸的崖上跳跃着。老人忽然从沉默中抬起头来，手插进毡笠下面搔着头，大声嚷道："要把锅烧红了啊！""知道了！"那女孩愤愤地这样应着。虽然看见火光已经低微下去，老人仍旧咕噜着说："知道了，不要把自己也塞进灶里去才好呢！"

却说那客人将脚浸在钵里，痒痒的正要入睡，吵嚷声忽然把他惊醒，这就想起那牧羊女。他打着哈欠，问是店家的什么人，说是倘不遇见那位大姐，保不定要在溪谷里过夜了。

老人听了这话也不作声，一面磕着烟袋，径自去招呼灶下的姑娘。喂，喂，丫头，这客官说是你的熟人哩。熟人便怎样？一个鼻子加两只耳朵！呵，你看这嘴！老人笑着说。你要知道，哥哥不回来，须怪不得爷爷啊。

现在我们不妨假想，这家人原来也许并不这样冷清，只因别的人都先后死去，所以剩下了祖父、哥哥、妹妹三口，却是仍旧清苦地活着，或者是下山去置办东西时曾答应给她买头巾的哥哥还没有回来，或者是她洗手的时候把戒指落到溪里了，或者是昨天夜里黄鼠狼拖去了她养的小鸡，因此发起脾气来了。

这时那小狗跳到路旁，汪汪狂吠。老人站起来，咳嗽着沿了溪涧走去，过了一刻，又慢慢地转回。那女孩盲迎了出来，急切地问道："爷爷，回来了吗？"老人眨着眼，打趣说："爷爷是回来了，哥哥可没有。"

他说，一生也不回来，连爷爷也不要了，丫头太淘气！这样打着哈哈，惹得那狗似乎也笑起来，左蹦右跳只想和他亲嘴。几乎一直都沉默着的那客人，这时已经洗完脚，在懒散地吸着烟。

在群山上面，密布着和蔼而渊深的夜，游过淡描的云，溪涧则在荒寂中发出含糊的谵语。就在这与世隔绝的山谷里，这终年喃喃的溪边，人们上山打柴或牧羊，一年一年地活着，在石头上生根。这是自然的结果，连嘴都显得笨拙起来了。

　　当吃过饭之后，在挂在墙上的灯下，客人坐在炕上，凭着几案，问起店主人的家境。店主人则慨叹一声，慢吞吞向客人诉苦道：山货贱，洋货贵，卖点山货也得上税，祖孙三口快活不下去了。至于客人，我们权且把他当作调查民间的调查家吧。

　　最后，我们要讲那牧羊女了。她检查过羊舍，独自立在路上。月亮忽然从远远的溪涧的彼端升起，树木的影，小屋的影，倒印在崖上、路上、闪闪发光的水上。她遥望着隐入月色中的小径，那通着无数山岭的小径，默默地站了许久，然后失望地叹了一声气，懒懒地走进小屋。

　　"你讲什么呀，爷爷？山魈！"这样说了之后，三个人便都睡了，老人还咕噜着："明天哥哥会回来的，我派老苍龙把他抓回来。"

　　不久，就只剩下浓浓的鼾声。

高山流水觅知音

文／林振宇

世有伯乐而后有千里马，千里马常有而伯乐不常有。

——韩愈

　　高山流水觅知音的故事流传千载，已深深地烙印在中国人的心底，成为我们民族心里的一种情结。如今回想起来，依然让人拨动心弦，为之神往，并强烈地渴望在千万人中能够遇到自己的知音，获得那份令人羡慕的高尚、圣洁而又深厚的友谊。

　　那是两千多年前春秋战国时期的一个中秋之夜，著名琴师俞伯牙在回乡途中碰巧遇到一位叫钟子期的砍柴人，两人便闲聊起来。起初，伯牙心想，一个砍柴的如何会欣赏音乐呢？可是，只聊了几句，他就惊奇地发现眼前这位砍柴人说起琴理头头是道，似乎很内行，这出乎伯牙的意料，他高兴地把子期邀上船，给他弹琴，让他听听，看能否知其心意。当伯牙弹到描写高山的曲调时，就听到子期在旁边说："好啊，巍峨高耸像泰山！"当弹到描写流水的曲调时，又听到子期说："好啊，汪洋奔放像江河！"这让伯牙喜出望外，因为他终于遇到了知音！

　　此时此刻，我仿佛看到伯牙遇到知音时自然流露出来的那种兴奋和激动的神情，似乎眼里还噙着泪水，我的身心不由得颤动起来，就像与伯牙感同身受一般。

ZuiMeiwen

此时此刻，我联想起在我的人生经历中，固然有许多所谓的朋友，但是否也曾遇到知音呢？我不由想起一个人，一个令我敬仰的已经病逝的优秀诗人、作家李耀先老人，我亲切地尊称他为耀先老师。我觉得只有他才了解我的心思，读懂我写的书，也只有他才能让我体验到伯牙遇到知音子期时才有的那种感觉。于是，我的思绪回到了几年前，回到我与耀先老师交往的那段令人难忘的日子。

那时，我刚进而立之年，准备把我多年在报刊上公开发表的近百篇散文作品收集在一起，交给北京的一家出版社出版，但此书还差一篇"序"没找到合适的人来写，因此成了我的一块心病。在我接触的作家群中不乏名家，但因种种考虑，我觉得还是耀先老师为书作序比较合适。

说起李耀先，他是伊春市著名的诗人、作家，也是一名资深的老编辑，只因一次突发的脑梗死而身患半身不遂，使他不得不从伊春日报社文艺副刊部主任的职位上退下来。在他30多年的编辑生涯中，他甘做人梯，扶持了一大批文学新人走上文坛。而他的诗文采斑斓、扣人心扉，更是让人称颂。

记得我初识耀先老师时，他左侧身子已经瘫痪，靠单拐走路也是颤颤巍巍的，日常起居得靠老伴儿李瑞娴照料。尽管这样，耀先老师每天仍然坚持读书、写作。有一次，我偶然看见他年轻时的一张照片，那时的他身材魁梧，意气风发，相形之下，现在的他身衰骨瘦，像风中的残烛，不免让人心生怜惜。

此后，我几次去他的家中与他促膝交谈，甚为投机。我们谈诗论文，谈古论今，也谈我们各自的人生际遇和感悟，成了忘年交。他又像慈父一样关心我的生活和工作，并鼓励我坚持写作。

平日里，耀先老师一方面用超乎常人的意志与病魔抗争，另一方面笔耕不辍，又因他为人豪爽，儒雅好客，家中常有文友来访，还让老伴儿李瑞娴准备酒菜热情地款待。不仅如此，凡有求他写东西的文友，耀先老师也不好意思拒绝，尽其所能相帮。可以说耀先老师平时也是很忙的。尽管如此，为了书序我不得不怀着忐忑的心情贸然敲开了耀先老师的家门。

当耀先老师知道我的来意后，先对我出书的想法表示赞同，但对写序一事显得有些意外，没有轻意许诺，而是问我，大凡写序都找名家，为何执意要找他呢？我就实话实说："我读过您为不少作者写的书序，不仅文采斐然，使书大为增色，还挖掘出了这些书应有的价值。我之所以找您写序，就是相信您能懂我的书！"见我态度恳切，又这般信任他，索性就答应了。

半个多月的时间在我的期待中显得有些漫长。也不知道耀先老师写得怎样了，我寻思着。那是我下夜班的早上，我顾不得身体上的疲劳，乘上客车，大约一个钟头后，来到了这座素有"林都"美誉的小城伊春，再次走进耀先老师的家。

也是在那间书房兼卧室的小屋，在那张铁红色的书桌旁，耀先老师亲切地和我攀谈起来。"你来得正好，"耀先老师说，"这几日就想和你碰碰书稿的事儿，是不是等着急了？"我笑着说："好饭不怕晚，心急吃不了热豆腐嘛，不急的。"他接着说，"这么厚的书稿得看一阵子呢，抽空我就看看，每一篇我都写点儿感想，"他说着就随手从书桌上拿来一沓稿纸给我看，我见那上面布满了用红墨水笔写的密密麻麻的文字，字迹娟秀，语颇隽永，印象很深。这时候，耀先老师又对我说："振宇呀，书序我已经写了一部分，标题就是《只为一飞冲天起，痴心求索吹狂沙》，你把手里那个本子给我，我从头给你念一遍，你听听行不行。"耀先老师就当着我的面朗读起来。

"……林振宇的这些作品，都是在生活的长街上摄取不被人关注的甚至是被人抛在生活角落里的废弃物，当然没有琳琅满目的奇妙景观和怪闻奇趣或惊魂动魄的环生险象，也没有光怪陆离的花花世界或灯红酒绿的奢华骄逸，全是那种对生活底层的人与事的慎思与微言，他看中的是社会细

胞，他选择的是春草萌发的瞬间和曝光初照的闪光时分。然而，真正最辉煌、最明丽的时刻并不属于他思索的范畴，这是他特定的环境和他的低调背景所决定的。他的心底世界一直涌动着极强烈并且极具冲击力的生命暗流，这暗流是地热（地下深处涌动的如岩浆一样的热流）形成的，是火山运动喷薄欲发的前兆。他多么想冲出世俗偏见的陈腐樊篱，闪亮在海面上啊！林振宇以思想者的头颅高悬起生命的帆樯，这是人格的魅力，这是哲学理念的坚挺！他坚信：有思想的生命才是世界的存在……"

或许是我听得入迷了，当耀先老师把这部分序读完，他的声音仿佛还在我的耳畔萦绕。我兴奋和激动极了，因为我的书终于找到了知音！当时的神情就像古时候的俞伯牙遇到钟子期时那样，这种感受让我难以忘怀，至今回想起来依然那么强烈，怦然心动！

载于《初中生之友》

知音难觅。今生若是有幸遇到懂得自己的那个人，恐怕也是一件无比幸福的事情了。

"假小子"洪飞扬

文 / 阿杜

海内存知己，天涯若比邻。

——王勃

一

提到洪飞扬，我的脑海中马上就会浮现一张帅气无敌的面孔，还有让大家羡慕的傲人身高。我们亲昵地叫她"扬扬"！

男生常与洪飞扬称兄道弟，开口闭口"我们飞哥"。

洪飞扬是如假包换的大小姐，只是她185cm的净身高，不拘小节的性格，再加上有点粗犷的嗓音和极短的头发，任谁第一眼看见她都以为是个十足的帅小伙子。

就连我们老班主任，第一次点名时，都曾当众问洪飞扬："你？到底是不是洪飞扬？不是女的吗？怎么跑出一个男的来了？"

在众人善意的笑声中，洪飞扬站起来说："老师，现在不是流行'中性美'吗？"

老师一时反应不及，支吾地说："是，是，现在流行中性美！"

二

我们班的同学都喜欢洪飞扬，她很豪爽，举手投足间充满了"帅"劲。

班花白如玉说："扬扬把那些男生全比下去了。她才是真正的'帅锅'。"

男生听了也不生气，洪飞扬是谁呀？她可不是一般人。

有一次年级篮球赛，在最后争夺冠亚军时，队长脚受伤，比赛迫在眉睫，最后是洪飞扬救了场。她是业余体校女子篮球队的队长，很有经验。

洪飞扬出马，带领我们班的男生与六班的同学比赛。她巧妙地配合同学，拦截抢球、三分投篮，赢得阵阵掌声。刚开始没人发现，男生篮球赛居然混进了一个女生。一直到快结束时，六班的一个男生才突然发觉不对："男生打比赛，怎么让女生上场？"

场面顿时混乱起来，双方争执不下时，白如玉走向前，亲昵地挽着洪飞扬的手说："我们班女生都比你们男生厉害，还好意思瞎嚷嚷。"

洪飞扬满头大汗，她粗声粗气地对裁判说："你暂时把我当成男生不就得了，我不像男生吗？"

围观的同学笑声一片，都在支持洪飞扬。一个女生能够在篮球场上战胜男生，这本来就值得喝彩。有个男生还说："飞哥出马，一个顶俩！"

三

白如玉"早恋"的消息在校园里传得如火如荼时，她还闷在鼓里。

"我早恋了？我和谁恋呀？"白如玉喃喃自语，很气愤别人造谣。

"别人说你和一个高高的帅哥在江滨公园花前月下。"一个女生说。

"高高的帅哥？我哪有帅哥呀？对了，他们说是在江滨公园？"白如玉问。

这时，洪飞扬跟几个男生说说笑笑地走进教室。看见洪飞扬，白如玉想起了一件事，她气呼呼地叫："洪飞扬，你过来！"

"怎么啦？谁招惹我们的大美人了？我帮你去教训他。"洪飞扬乐呵呵地说，她根本没想到，事情居然是由她引起的。

待听了白如玉的话后洪飞扬涨红脸，挠着头，不好意思地说："原来是我给你带来了困扰呀？真是对不住了。"

围观的男生开始起哄，洪飞扬说："闹什么呀？是好兄弟的话，大家帮忙一起想想办法，如何澄清这事儿，还如玉的清白。"

"不用澄清啦，哪天你穿上裙子再陪着白如玉去江滨公园逛逛，大家不就一目了然了。"有男生建议。

"穿裙子？让我穿裙子？"洪飞扬挠着自己极短的头发激动地大叫，她最反感的就是穿裙子，那样子太滑稽了。

"可是不这样，别人怎么会知道你是女生呢？你实在太帅了，无论和哪个女生在一块都像一对儿。"男生实话实说。

其实班上的男生都暗中羡慕洪飞扬，她虽是女生，但比男生更像男生，别人不误会她才怪呢。众男生心里还有一个自私的小愿望，他们都很好奇，"假小子"洪飞扬穿上裙子后会是什么样子呢？

"一定要我穿裙子事情才能解决吗？一定得这样吗？"洪飞扬一脸痛苦状。

她从小性格就像男孩子，整天疯玩，从不爱穿裙子。从小到大，她被误认为男生已经很多次了，习惯成自然，她一点也不意外。但这次，居然影响到好朋友白如玉，让人误会她早恋了，这事说大不大，但说小也不小，毕竟学校反对"早恋"。

"洪'帅锅'，这次只有你能帮我了。"白如玉楚楚可怜地对洪飞扬说。她一听见那些男生的话后好奇心起，也想看看洪飞扬穿裙子的样子。

"只能这样吗？"洪飞扬环视众人，沉默片刻后手一挥，说："那就穿吧！也不是什么大事，我是女生，本来就应该穿裙子的。"

大家见洪飞扬一副视死如归的样子，"哄"一声笑开了。

四

洪飞扬穿裙子来上课那天早上，真把我们集体镇住了。还别说，身

材高挑、相貌清秀的洪飞扬，戴上飘逸的假发，穿上一袭长至脚裸的纯白棉布裙后，还真是飘飘欲仙，颇有几分走台模特的范儿。只是她一开口说话，就把我们笑趴了。

"笑笑笑，再笑就不理你们了。"洪飞扬绷起脸假装生气说："我这都是为了还白如玉的清白，要不，打死我也不穿裙子。"但仅一会儿工夫，她自己也忍不住大笑起来。

"白如玉，我们飞哥穿上裙子后，你的班花位置可就难保了。"有男生调侃道。

"你们还好意思说，洪'帅锅'早把你们这群男生给比下去了。我才不要什么班花的头衔，又没人给我发工资。"白如玉挽着洪飞扬的手说。她还鼓动几个女生，一下课就拉着洪飞扬到校园各个角落走了一圈，引得大家惊叫连连，直呼"仙女下凡"了。

白如玉很得意，却是臊红了洪飞扬的脸。她太不习惯这样穿着裙子到处走，太不习惯别人用好奇的眼光看她。隔壁班那个骂洪飞扬是"男人婆"的男生，看着眼前和过去完全不一样的洪飞扬，瞪大眼直呼："你变性啦？""你才变性了！"洪飞扬愤懑地说。

就像吹过一阵风，大美女洪飞扬的名字一时间传遍整个校园，就连班主任都说："洪飞扬淑女时的样子还真可爱。"只是他话锋一转，紧接一句："不过，我还是更习惯你的中性美。当然啦，穿衣打扮，个人习惯，只要不影响学习，随便啦，自己喜欢就好。"

"老师，其实我还是更喜欢原来的样子，今天这样，只是为了还白如玉的清白，我不想我们在一起玩时让别人误会我们在早恋，这多不好，是不是？"洪飞扬说着，随手扯去头上的假发。

老班主任看着眼前头发短短，说话粗犷，却穿着白裙子的洪飞扬一时笑到肚子疼。他摆着手，强忍住笑，说："高兴就好，高兴就好。"

五

初三还没结束，洪飞扬就被省体工队选去打篮球了。

我们都知道洪飞扬会有这么一天，因为她不仅拥有上天恩赐的优越的身体条件，她还特别努力。别看她平时嘻嘻哈哈，爱玩爱闹，但一上运动场，她就像变了一个人，特别沉着冷静。

她喜欢打篮球，去更专业的球队打球一直是她的愿望。我们为洪飞扬梦想成真高兴，只是面对别离时还是依依不舍。

白如玉眼中带泪，哽咽地说："洪'帅锅'，下次回来看我们时，记得穿上裙子哟！你知道吗？你穿裙子的时候非常美，你才是我们班真正的班花。"

"飞哥！好样的，好好打球，我们都看好你，以你为荣！"男生们话不多，却一样难舍难分，他们对她的感情很单纯，一直把她当好哥们儿看待。

"我回来时，就来看你们，再见！"洪飞扬摸了下短短的头发，潇洒地挥手说再见。

只是在她转身离开时，我在她的眼角看见了一滴晶莹的泪珠。

这个帅气无敌的假小子，表面大大咧咧，不拘小节，其实她和我们一样拥有一颗细腻、温柔的心。

载于《做人与处世》

我们都曾有过一段特别纯真的岁月，那份友谊也是简单而美好的。我们曾经那么喜欢并看好一个人，他几乎就是榜样的存在。

有没有一种友情，你曾弃之如敝屣

文 / 侯雪涛

珍珠挂在颈上，友谊嵌在心上。

——谚语

他生下来就是个智障儿，大我三岁，村里人都叫他二憨子。

彼时，村子里的同龄孩子很少，二憨子就理所当然地以玩伴的身份闯入了我的生命。母亲每次见到我和他在一块儿玩，总是要训斥我一番，以至于后来我都是偷偷摸摸地和他在一块儿玩。我之所以喜欢和他玩，是因为傻傻的他就像一枚棋子一样，可以由我任意摆布。每次纷争，我都是以摧枯拉朽之势胜出。在他面前，我一直是以老大的身份自居。

嘴馋，是小孩子的天性。那时候，父母很少给我零花钱来买零食。我总是和他玩些无赖的游戏，把他的零花钱悉数赢到自己的口袋，而他每次都是嘴唇嗫嚅着想冲我发火，但最终愣是没吐出半个字。他怕惹我生气，以后再也没人陪他玩。因为除了我，几乎没人愿意和他玩。有时候，看他实在可怜，我就把买来的零食分一部分给他。纵然是极小的一部分，他依然乐得合不拢嘴。

时间是一把没有声音的锉刀，还没来得及驻足观望，就已被磨个精光。后来，我上了初中，而他只读到小学四年级，就下田帮父亲干农活去了。我和他的人生轨迹就这样被时光分割开来。

自尊和虚荣开始在我的身体里窸窣萌发，我开始讨厌他那邋遢的形象，摒弃他身上刺鼻的酸臭味，甚至想让他永远消失在我的生活中。可每逢星期天他还是会去我家找我，我都以复习功课为由打发他。每次他都是欢喜着来，然后怏怏返回。

一次，我去街上买东西，恰巧在商店碰到他。我看到是他，旋即转过脸，付了钱，抓起买好的东西就往外跑。我也不清楚自己为什么对他避之如虎，像是和他结下了深仇大恨似的。但最终他还是认出了我，跑到我跟前，和我打招呼。我眉毛皱了下，随便搪塞了几句，大脑里立刻开始搜索尽快甩开他的理由。他一把拽过我的手，把刚买的一包花生米倒了一半在我手上，然后习惯性地把手心里残留的些许粉末舔了个干净。我鄙夷地瞥了他一眼，指着手里提着的一包盐，说母亲急等着用，转过身似一阵疾风，飞快地逃离了他的视线。他也只好停止了纠缠，呆呆地伫立在原地，张望我的背影。走了没多远，我就把他刚倒在我手里的花生米一把甩了出去，然后用手来回往裤子上蹭，仿佛与他有染的东西都被标榜上了"肮脏"。

更令我气愤的是，第二天下午，他又跑到我家找我玩。我当时正在看我最喜爱的动画片，对于他的突然出现，愤恨如一股不可遏制的洪流在我心中爆发。那一刻，我真想把他塞进《哆啦A梦》里的时光机中，让他永远从这个世界消失。我心里嘀咕，这样下去也不是办法，拒绝了他一次，他还会再来。应该找一个更绝的理由来彻底地摆脱他。

想了半天，我终于从脑中挤出了一个绝招。那段时间，正赶上我眼角膜发炎，眼睛又红又肿。我指着我的红眼告诉他，我得了一种很可怕的眼病，很容易传染给别人，所以不方便和他玩。他看到我充满血丝的眼睛，很自然地信以为真了。他接着问，什么时候病能好？我佯装叹了一口气，顺着路子继续往下编：我这病需要换眼角膜，等医院有了眼角膜，才有希望好。他皱着眉头看着我，眼神里盈满了同情和失望，然后无奈地离开了。

果不其然，自那以后，他似乎在我的世界里销声匿迹。我的身边终于不再有他的纠缠，也不会担心再被冠上"傻子的朋友"的称号了。

纤瘦的时间，从指缝间不断流走。我不知不觉地已到了高三，而他不知被我甩在青春的哪个黑暗的角落里，以至于我回想起往事的画面时，丝毫没有捕捉到他的镜头。但在这个黑暗的高三里，他还是出现在了我面前。

那年冬天，天气冷得变态，天气的骤变让我措手不及。来学校之前，我没带御寒的衣物，看着别人身上的棉袄，我不由心生羡慕。在我们的一次自习课上，大家都在安安静静地上自习，教室里静得如一池平静的湖水，任意的一点声响都能激起层层的涟漪。偏偏这个时候，他在教室门口，喊起了我的名字，而且是我向来羞于向同学提起的乳名。那一刻，我真想找个地缝，把自己藏匿起来。同学们齐刷刷地看向满身邋遢的他，又回头看看脸红得像熟透了的苹果的我，全班立刻哄笑一堂。我起身飞奔到他身边，一把将他从众人的视线中拽开，拖到一个没人看得见的角落，恶狠狠地用双眼瞪着他，各种恶毒的话仿佛离弦的箭从我口中一跃而出，一串串地向他射去。他低着头，不停地用双手抚弄手中的黑色袋子，低声地回答说："这几天天冷，你母亲老寒腿犯了，不方便给你送衣服，我闲着没事，就帮忙送过来了，顺便来你们学校转转。"尽管我欣喜于自己可以免于受冻，但因为刚才那窘迫的一幕，仍让我对他怀恨在心。我一把夺过他手中的衣服，并厉声警告他以后不要再来找我，否则我就把那恐怖的眼病传染给他。他迅速捂起脸惊慌地逃窜了。

我万万没有想到那竟然是我们最后一次见面。在我大学一年级开学不久，母亲打电话说，他在工地从楼上摔了下来，去世了。我当时只是稍稍震惊了一下，为他的英年早逝感到一丝可惜。但母亲接下来说的一番话，让我始料未及，泪水瞬间夺眶而出。她说，他在医院被抢救的时候，嘱咐医生，在他死后，一定要把他的眼角膜完好地取下，捐献给我，好让我治疗那"有传染性的眼病"。我深感震撼，在他生前的最后一刻，还在为一向避他如瘟疫般的我着想。刹那间，内疚如一柄尖刀扎在我的胸口，自责和惋惜汩汩地充斥了整个胸腔。

没有比较，就没有失落，人生最难过的事莫过于从有到无。相比于大学里那昙花一现、钩心斗角的友情，二憨子给予我的应该算是天大的馈赠了。不得不说，那份昔日弃如敝屣的友情，如今的我是多么地孜孜以求。

在我们每个人的人生过往中，总会有一些令我们扼腕、遗憾的友情被我们搁置在黑暗的一隅。也许当时我们视之如草芥，弃之如敝屣，但或许对方是视如珍宝，煞费苦心地在经营。人生终归是一个单行道，我们无法回到过去来弥补自己的缺憾。把过去当作一面反思自己的镜子，然后更加珍惜已经拥有的所有，也许这才是那些曾经被我们弃如敝屣的友情的真正意义所在。

载于《做人与处世》

我们大概都是这样吧，在经历了诸多虚假和肤浅之后，又会怀念起那份真挚的不掺假的友谊来。每个人心中都该有这样一个人，不为利益，只为真心。

那时青春，不懂爱

文 / 李兴海

假如不会和你相遇，我会不会是另外一种人生。不管有没有结果，我还是宁愿和你相逢。

——张小娴

风风火火的故事开头

我从没想过，有一天，我会如此安静地坐在成都的锦里，用回忆的笔触描摹你那些浓墨重彩的过去。

那时，你是位梳着马尾的纯情少女。十八九岁的模样，刚读大一，具体是哪个专业，我忘了。

时光回到当年，还记得你跑上演出台抢话筒的顷刻，我脑袋彻底空白了。虽然我歌唱得不错，会写几段破小说，可真碰上紧急情况，通常没什么作用。

我最好的哥们儿，是乐队里的贝斯手，很强壮，也很急躁。你的莫名举动显然惹恼了他。他扔下贝斯，提着骨瘦如柴的你，像摔小鸡一样把你摔了下去。

贝斯砸在地上，发出嗡嗡巨响。

惜花之人不少，加之你长得不算难看，因此，台下很多单身男孩都抢着问你伤到没有。

这很像小说里的情节，很多泡沫剧的爱情缘由，不都是这么风风火火地开始吗？按理推断，你应该会和众多殷勤男孩中的一个发生不同寻常的故事。

可我错了，我忘了，我本身也是这场闹剧里的角色。

我刚准备下台替贝斯手向你道歉，你就呜呜地哭开了。

台上的灯光五颜六色，像水彩一样倾泻到你的脸上，给人一种滑稽的温暖。

贝斯手爱上了你

你经常来看我的演出。

再后来，你和贝斯手混熟了，经常吵着嚷着让他给你煮糖水鸡蛋。

你说你那时险些被他送掉小命，如果以后嫁不出去，他必须负全责。

你真是个鬼丫头。你不知道，因为你的这句话，我最好的兄弟，把你深深地种进了心底。

自从你出现之后，他如同变了一个人。黑乎乎的他开始穿平整的白色衬衫，梳规矩的学生头，唱温情的红尘恋曲。

然而这些，都不过是因为你偶尔的玩笑话。

他从前特别迷恋黑金属。弹贝斯的时候，疯狂得像只老虎。后来一次狂欢，你在昏昏沉沉的小酒吧里醉言醉语，说你只钟情年过半百的张学友。

你真的没发现吗？后来，只要你来看我们排练，他就会抢走我的话筒，吊儿郎当地唱几句张学友的老歌。

可惜，你这丫头多不识趣，老是没心没肺地打击他。说他高音像钢丝床，低音像牛蛙。说就说吧，可你非得把我也提出来搅两下。

其实，你说什么他都无所谓。他会默默地包容你的一切坏脾气和小性子。可你却说他唱歌不如我好听，那他自然不乐意了。

试问，哪个男孩不想在自己心上人面前表现出最强的一面？

你的爱意，我假装看不到

中秋节的摇滚演出，我谎称嗓子发炎，让他做了乐队的主唱。

你始终没来看他唱歌，尽管我在后台悄悄给你发了很多言辞诚恳的短信。

后来，你告诉我，很久之前，你跑上台抢话筒，其实不是喝醉，只是为了告诉我，你真的真的很喜欢我。你看我的每一场演出，听我的每一首歌，为我尖叫，为我流泪。

我突然不知如何作答。我的乐天因子，在这个时候泛滥而来。也只有这样无厘头的答复，才能解开此刻的僵局。

"哈哈，臭丫头，你演得真好，差一点你就赢了。可惜，大爷我火眼金睛，哪有那么容易上当？努力啊，继续努力！"说完这段话，我赶紧按下了结束键。

台下站满了乌压压的人群。挂断电话之后，我弹错了四次音。对于一个优秀的吉他手兼主唱来说，这简直是奇耻大辱。

当夜，我就被乐队的所有成员臭骂了一顿。要知道，以前，我可从来没有犯过诸如此类的低级错误。

我一个人坐在校门口的大排档里喝闷酒。你气喘吁吁地跑来找我，可见此阵势，不知该说什么，只好默默地陪着我一杯接一杯。

鬼丫头，没喝几杯，你就吐了。看你平时大大咧咧，咋咋呼呼，跟我们称兄道弟，原来，全是装的。

你压根儿就不会喝酒。

贝斯手笑了，你却哭了

原谅我不能把你送回去。如果让最好的兄弟知道，他一定会很伤心。

凌晨一点十五分，我给贝斯手打了电话。那头，他二话没说，骑着破电动车十万火急地赶了过来。

把你放进他怀里的那一刻，我忽然萌生出一丝不舍。我咒骂自己的不仗义。要知道，对于兄弟，我可是百分之百的忠诚。

第二天清早，你跑到男生宿舍楼下叫我，鬼哭狼嚎不说，手里还捧着一大束鲜艳的玫瑰花。

你真是个要命的丫头。你没看到吗？我楼上住的就是贝斯手。况且，哪有女生主动给男生送花的道理？

我始终不敢在宿舍的阳台上探出头去，我总觉得楼上到处都布满了寒光四射的剑影。

你在楼下没完没了地喊。最后，贝斯手给我打了电话。

手机在书桌上嗡嗡地震着，闪着间断的蓝光。我不敢接，我终于发现了自己的怯懦。

最后，我在一片嘘声中冲下楼去，抱走了你手里的玫瑰花。

你应该看到了，那束鲜艳的玫瑰花，我到底还是转交给了他。我想，你应该可以猜到，我当时对他说的话。

"小子，艳福不浅，丫头都朝你送花啦！别用那种无辜的眼神看我，人家其实是送你的，不过毕竟是姑娘家，不好意思，只好托我这个哥们儿转交一下。"

贝斯手笑了。而你，却站在清晨嗖嗖的凉风中哭了。

你的表白，让我难堪

再后来，你和贝斯手恋爱了。

和其他情侣一样，你们大摇大摆地在校园里牵手，散步，一起上课下课，一起吃饭聊天。

你再也没来看过乐队的演出。贝斯手说，你忙着复习考研，没时间。

就这样，我们相安无事地过了整整一年。

大四上学期，论文和实习差点把人逼疯。由于时间和毕业的关系，乐队就此搁置。

从此，别说见你，就连见你身边那位最好的兄弟，都得拨上好几通电话。

圣诞狂欢，贝斯手给我打了电话。他穿得像个圣诞老人，而你，却打扮得像个公主。

见着你，我忽然不知该说点什么。

"好吗？""好。""最近忙吗？""忙。""他还是那么爱玩。""嗯。"

这就是我们全部的谈话。我的记忆又出现了问题。我又忘了，到底哪句是我问你，哪句是你问我。

不过，这些都已经不重要了。你后来的举措，彻底中断了我和贝斯手的关系。

你冲上演出台，抢过话筒，眼神坚定地朝我说了一句话。狂欢彻底安静了。我的乐天因子再度泛滥。幸好，贝斯手坐我旁边。

"看吧，小子，人家多爱你，都抢着向全世界表白了。你怎么就没一点动静呢？真不像个男子汉！"贝斯手被我这番话鼓动得血脉贲张。

就在他跑上演出台的一刹那，你又说了一遍"我爱你"。

不过这次，你加上了我的名字。

空气和他的笑容一样，在刺眼的灯光下瞬间凝固。

你我他，扯不开的青春记忆

沉默像那只静止的瓷勺，又夹在你我之间，一言不发地过了两分三十三秒。

你和贝斯手吹了。

我感觉自己成了千古罪人。说实话，我真有点恨你。既然已经和贝斯手在一起，为何还要这般高调多情？

因为你，我失去了最珍贵的友谊。

我低着头，默默整理东西，始终没和你说半句话。

下午三点的火车，从成都到昆明。

临行前，你朝我口袋里塞了一张蓝色便笺。你写道："有的人，就算是为他付出了全世界，他也不见得会在残忍的背后，为你留下一道温暖的疗伤之门。"

因为这段话，我又忽然增添了几许内疚。可那又能怎样？在那个年纪，很多时候，面子往往大过爱情。就算我和贝斯手已经断了联系，可友谊始终还在那里。

你穿着碎花洋裙跟着火车跑了很久很久，眼泪颗颗掉落。

这一幕，多像电视剧里那些狗血桥段。但不得不承认，我真的心碎了。那一刻，我多想冲下去，抱住你，用尽一生时光，好好爱你。

然而火车，已把我们生生扯开。

刚到昆明，就有种无法言喻的失落。那一刻，我掏出手机想要跟你说点什么，可真听到你的声音，我却开不了口，愣是听你讲了一大堆的注意事项后匆忙挂掉。

不承想，半年后，某个摇摇欲坠的黄昏，当我疲惫不堪地回到家的时候，竟看到贝斯手与你齐齐站在门口。

我以为你们是来给我送喜帖的，却没想到贝斯手轻轻地牵起你的左手，郑重地把它放到了我的右手掌心里。

我惶恐，却见他诚挚地冲着我一笑，然后慢悠悠地道："小子，我把她交给你了，没有你的日子，她过得很辛苦。而你，也深深爱着她，我得见到你们幸福。这是兄弟唯一能做的。"

一旁的你，已经哭得稀里哗啦，我还恍如梦中，却被那小子熟悉的咆哮声惊起："别以为你藏得很深，当年的梦呓和酒后真言，一下子就把你给

出卖了。"他又狡黠地冲我笑了笑，还调皮地眨起眼。

一晃三年过去，你已怀了我们的宝宝，那个脾气暴躁的贝斯手吵着要当孩子的干爹，你不依，在屋里跟他玩闹。

我站在阳台，看着你们微笑。时光恍惚回到了过往，你、我、他，三个人拥着唱着……

青春真是一件美好的事。

我还想把关于你的故事写得长些，再长些，可惜，记忆常常涌出空白的片段。原谅我总是忘这忘那。

不过，有件事情，我倒是记得很清楚——我从来都没有告诉你，在昆明的火车站里，我握着电话想跟你说的是："我真的真的很喜欢你。"

载于《格言》

真好，当我喜欢你的时候，正好你也喜欢我，这便是爱情最极致的幸福了。命运待我如此优厚，以至于让我忘了我们曾经那样曲折……

友情是面不说谎的镜子

文/阿杜

换我心，为你心，始知相忆深。

——顾夏

一

读初中时，我和林蔓都是县一中的住校生。学校里铺位紧缺，一张窄小的床都要安排两个学生合住，费用仅收一半，这对于来自农村的我们，自然是划算而合理的。

我和林蔓同班同寝室同床，关系好得胜过了亲姐妹。个头儿一般高的我们留着一样的长发，穿相同的校服，同样爱笑，往往让人有种错觉，以为我们是姐妹花。我们听后，异口同声地说："是呀，要不哪能形影不离呢？"

我们真的是形影不离，每天进进出出都是一块儿。晚上熄灯后，躺在被窝里，头靠在一起，枕着交缠的长发，轻声低语诉说着细细密密的琐碎心事。

我睡觉不老实，常踢被子，每次都是林蔓在半夜帮我盖。有一次夜里，月色漫进屋来，亮如白昼。我半夜突然转醒时，林蔓正拉着被子往我身上盖，见我醒来，她嘟哝一句："你像个小孩儿，老是踢被子。"然后她

从被窝里伸出一只手，轻抚我的头说："睡吧，一早还要起来锻炼呢。"我眯上眼睛，却一直睡不回去，很久后又偷偷打量起睡在身边的林蔓，看着她酣睡的样子，心里暗想我们是好姐妹，我一定要珍惜。

二

一中的学习氛围很浓，大家都在暗中努力。

林蔓的成绩中等，偶有失误，名次就落到了中下游，相比我名列前茅的成绩，她有深深的挫败感。刚开始时我不懂，我也没想过，我高高在上的成绩曾给林蔓带来多大的伤害。

我们以相同的分数入学，可是学着学着，差距就出来了。我没有特别用功，每天都是和林蔓一样，上课专心听，作业认真写，课前预习，课后复习，平时该玩该睡的一样不落。我从来没有背着林蔓暗中努力过，在学校里，我们俩几乎是整天整夜都在一起的，可是一次次考分的巨大差距还是在我们之间横亘起一条无形的鸿沟。

林蔓开始在晚自习后迟回寝室，我邀她一起走，她歉意地说："要不，你先回吧！我还有几道题要再琢磨一下。""没事，我等你。如果需要，我讲解给你听，你一听就明白了。"我说着，就在林蔓旁边的位置坐下，随意地翻着书本。

等了很久，我开始犯困，于是再次催促。看我哈欠连连，一脸倦意，林蔓才收拾书本跟我回去。

接连一段时间，林蔓晚自习后都要继续留在教室学习，刚开始我都等她一块儿回去，后来感觉确实累了，就在她的劝说下先回寝室睡觉。我睡得香，都不知道林蔓几点回来。第二天起床时，看她脸色有些苍白。我劝她不要太拼命，她却说："我这么拼命成绩都不好，再不拼命，还不更差了？"林蔓的话噎得我无言以对。

我提出帮她补课，林蔓拒绝了。

我不知道我们之间怎么了，虽然还是天天睡在一张狭小的床上，但彼此之间泾渭分明。我记不得我们已经有多久没有一起说悄悄话了。

有时半夜里，我会在林蔓的辗转反侧中醒来，心里有些恼怒，她翻来覆去，一次次将我惊醒。一天夜里，在她又一次将我惊醒后，我睁着惺忪的睡眼，隔着被子打了她一下，说："动动动，又将我弄醒了。"林蔓应该是醒的，她很自觉地缩了缩身子，把脊背留给我。我习惯性地挨过去，偎依在她后背，可她果断地用被子挡开了我的身体。

林蔓的行动让我难过了一晚上。她的疏远我已经感知，可我还是希望能像过去一样亲密无间。

三

对峙了一晚上后，我和林蔓在没有任何争吵的情形下渐渐拉开了距离。依旧睡在一起，但我们不说话，各走各的路。

我不知道林蔓是不是故意的，她还剪去了和我一样的长发，后来又和邻班的一个男生走得很近。我们原来说好的，遇见各自喜欢的男孩儿时要告知对方。可是林蔓什么都不告诉我，她还和那个男孩儿一同逃课，一起散步。

我愤愤地想：有什么了不起呢？不就是一个破男生，学习还那么差。

赌气之下，我也接受了一个校草级帅男生的纸条，陪他去看了一场电影，还去冷饮店喝了两次果汁。我什么都不告诉林蔓，却故意在林蔓也在寝室时，与其他女生分享我的秘密。

我偷瞥林蔓一眼，见她的身体莫名颤抖，然后又将后背挺得直直的。我知道她在听我说话，可我就是故意气她，笑得肆意夸张。

我不知道我们为什么会变成这样？两个总躲在被窝里说悄悄话的好姐妹有一天也会成为陌路？我心里就像有个黑洞，让我无论如何都无法真正开怀起来，所有故意的喧哗都只是为了引起林蔓的注意，希望她会因此难

过、后悔，然后我们和好如初。可是一样倔强的林蔓，用另一种方式深深地伤害了我。

我并没有和校草谈情说爱，只当他是好朋友，还督促他学习。我对他说："喜欢我，得有诚意。我成绩好，你也不能太差吧？"他对我言听计从，并且在我的帮助下成绩飞速提升。

大家说我和校草是"金童玉女"，在林蔓面前，我更是刻意地展现我们的甜蜜。那时，林蔓已经被邻班那个男孩儿甩了，她整天郁郁寡欢，一脸阴郁。

林蔓的成绩落到了班上的倒数几名，而我依旧风头十足，斗志昂扬。

好几次，我想主动言和，可是张开嘴又不知说什么。林蔓看我的眼神很复杂，我不知道她心里想了些什么。我们还是睡在一张窄小的床上，却已经各自用被子把自己包裹起来。

四

在我和林蔓漫长的冷战中，时光悄然流逝，转眼，我们已经是毕业班的学生了。

毕业前夕，数不清的考试、成堆的作业将我们淹没。我已经无暇去恨林蔓了，偶尔想起，还是她最初甜美微笑的样子。我们依旧不说话，但我习惯她的存在。或许，她在身边，即使不交流，我的心也会踏实。

可是毕业前的一天夜里，林蔓毫无征兆地发烧了，后来又冷得浑身颤抖。她紧紧挨着我的身体时，我习惯性地推了推，可是我摸到了一个滚烫的身体，一个激灵，我醒了过来，伸手摸了摸她的额头。好烫！

我赶紧起床，借着月色找出备用的退烧药，还倒了一杯温开水，抱起林蔓的头，喂她吃药、喝水。林蔓在挣扎，她不想接受我的照顾，我却紧紧把她抱住。

"我不要你帮我。"林蔓扭头不看我。

"你还要倔到什么时候？我们还要互相伤害多久？"我哽咽说，泪水流到了林蔓脸上，她也哭了。

林蔓的身子还很烫，我抱着她六神无主。一个被吵醒的同学跑过来帮忙，还叫醒了寝室管理员。后来，我和寝室管理员叫了校车一起送林蔓去医院打吊瓶。

折腾了一晚上，我疲惫不堪，但心里快乐。把林蔓送回寝室后，我帮她盖好被子，守着她。我不知道她做了什么梦，睡梦中，她的脸颊上居然留下了两道深深的泪痕。

有些尴尬，但我和林蔓还是和好了。晚上睡觉时，我们手挽手，默默对视，在温柔的夜色里，看着彼此明亮、纯净的眸子，看着，泪水就恣意横流。

我们都是倔强的孩子，我们浪费了太多应该友好相处的日子，明明想着对方，明明渴望彼此的友情，却依旧选择伤害。还好，友情是面不说谎的镜子，我们没有一错再错。

载于《做人与处世》

年轻的时候很固执，这种固执是青春赐予的，直到现在，固执依然存在，可是懂得了对方的好。我们都是这样过来的。

我在晴朗的日子等着你

文 / 龙岩阿泰

友谊是人生最大的快乐。

——休谟

春季的阴天还是那么冷

天气预报说，未来几天又将有一股冷空气来袭，局部地区还将有雨……

杜晓月听后眉头紧蹙："都春天了，这鬼天气还这么冷，什么时候才能放晴呀？"

杜晓月特别怕阴沉的天气，用她的话来说就是没有暖阳的春天依旧是寒冬。让她更心寒的是今天徐娟娟跟她"针尖对麦芒"，吵得不可开交。

杜晓月和徐娟娟从小一起长大，住在一个家属楼，楼上楼下，天天形影不离，大家都说她们比亲姐妹还亲。

徐娟娟是个柔弱的女孩儿，向来对杜晓月言听计从。小时候，徐娟娟习惯依赖杜晓月，什么事情都是杜晓月说了算，但现在她们都长大了，有了自己的想法，徐娟娟不想永远被人忽视。她们俩在一起时，杜晓月总是口若悬河，徐娟娟就像个跟班一样。所以当班上那几个男生说徐娟娟是杜晓月的贴身丫鬟时，徐娟娟终于下定决心要脱离杜晓月，至少也要和她平起平坐。

吵架的事情其实是完全可以避免的，但徐娟娟听到杜晓月一如从前般用教导的口吻跟她说话时就心生怒气，把一件芝麻绿豆大的小事当成导火索，硬要和杜晓月争个输赢。望着杜晓月疑惑的表情，徐娟娟好像出了口恶气，瞪了一眼愣在一边的杜晓月转身走了。

杜晓月真的呆了，她从来没见过徐娟娟这样。

好姐妹也有"隔夜仇"

第二天早上去学校时，杜晓月刚下楼就看见徐娟娟正推门出来。她以为徐娟娟会和往常一样等她一起去学校，可徐娟娟连眼皮都没抬就急匆匆地走了。

以前去学校，都是徐娟娟骑车载杜晓月。现在她们分道扬镳了，杜晓月眼睁睁看着徐娟娟骑着单车先走了。她又生气又伤心："小气包，不就吵了一架嘛！"看着远去的徐娟娟，杜晓月也发了狠，绝交就绝交，有什么了不起。

杜晓月一路都在想着这件事，眼中不知不觉涌出两行委屈的泪水。她抬起头看了眼阴沉的天空，真希望天赶紧放晴，这鬼天气她真是受够了。

进到教室，杜晓月看见徐娟娟正和同桌聊得眉飞色舞，气得"噔噔噔"从徐娟娟身边走过，还故意用书包撞了徐娟娟一下。她就是想激怒徐娟娟，她气得要爆炸了，就想找个人吵架。徐娟娟扭头瞟了她一眼，没吭声。杜晓月气得把书包狠狠摔到桌上，吓了同桌周子玲一跳。

"谁惹你了，在这么一个美妙的清晨？"周子玲故意逗杜晓月开心。"一个忘恩负义的人，还说什么好姐妹呢……"杜晓月一边说一边把目光停留在徐娟娟身上。周子玲善解人意地安抚杜晓月说："好姐妹没有隔夜仇，把事情说清楚不就好了。""谁和她是好姐妹呀？"一直闷声不吭的徐娟娟突然生气地插进一句。这一下，两个人又吵起来了……

窗外寒风呼啸，平静下来的杜晓月呆呆地望着窗外，心里忧伤泛滥，所有美好都斑驳成凌乱的画面了。

我不是你的影子

热心的周子玲想撮合她们和好，但杜晓月一听到徐娟娟的名字就怒目横眉，周子玲只好去找徐娟娟："娟娟，你和杜晓月怎么了？"周子玲开门见山。

徐娟娟不吭声，她看了周子玲一眼，把头垂下了。

"都说你们俩是好姐妹，形影不离的。"周子玲继续劝和。

"我最烦的就是这个，什么形影不离？谁是形？谁是影呀？"徐娟娟赌气地质问。

周子玲反倒窘迫了，一时不知说什么好。这两个人都怎么啦？吃火药了？

徐娟娟看着周子玲尴尬的表情，扭头走开了。她知道周子玲的良苦用心，也知道杜晓月对自己好，可是有谁明白，自己只是不想成为杜晓月的影子，更不喜欢听见别人说她是"杜晓月的丫鬟"这样的话。平等的友谊，就那么难吗？她多么希望杜晓月能尊重她的想法，不要总在她面前摆出一副"大姐大"的架势，让她吃不消，觉得自己比杜晓月矮了三分。

徐娟娟就这样和杜晓月杠上了，两人几个星期都不说话。杜晓月身边少了徐娟娟也像失了魂，她故意找徐娟娟的碴儿，但徐娟娟不接。

"杜晓月，看你整天愁眉不展的，是不是你的贴身丫鬟不再跟随你啦？"一天自习课上，一个男生见杜晓月又对着窗外发呆，开了句玩笑。

杜晓月还没开口，那边徐娟娟却先发火了，她激动地指着那个男生骂他，还质问他凭什么就说自己是丫鬟。所有人都看呆了，他们没想到柔弱的徐娟娟会对别人这样。骂完了那个多嘴的男生，徐娟娟趴在桌子上"嘤嘤"地哭了起来。

杜晓月愣住了，徐娟娟骂人的气势和那次与她争论时一样，激动且悲伤。周子玲这次算是看明白了，徐娟娟不喜欢别人说她是杜晓月的影子，更不喜欢别人说她是杜晓月的丫鬟，虽然只是玩笑话，但这种玩笑话对徐娟娟是最深的伤害。

周子玲把自己的想法告诉了杜晓月，杜晓月惊呆了，她从来不知道自己竟在无意中一直伤害着徐娟娟。

未来的日子艳阳高照

这一夜，杜晓月蜷缩在被窝里回忆着自己和徐娟娟的友情，从小到大，点点滴滴，一幕幕如放电影般在脑海中浮现。

一直以来，每次她和徐娟娟起分歧，都是她霸道地做决定，从不考虑徐娟娟的感受。杜晓月想了很久，更加觉得自己确实经常伤害徐娟娟，那份敌对的情绪悄然隐退了。

第二天一大早，杜晓月起床后给徐娟娟发了一条道歉短信，并让她上学等她一起去学校。杜晓月想明白了，要挽回和徐娟娟的友谊，应该是她主动示好。以前都是徐娟娟让她，这一次，自己也要主动一些。虽然她有些难为情，但面子怎比得上多年的友情呢？

看着窗外初升的太阳，明艳的霞光把天边浸染得一片绚烂，好一个艳阳天啊！天气预报说了，冷空气已过，未来几天都是艳阳高照的日子，杜晓月此时心里也暖暖的。

杜晓月知道冷冷的阴天就要过去了，她马上就能享受到温暖的阳光了。"徐娟娟，阴天过去了，我在春暖花开的晴天等着你。"杜晓月在心里默默地说，脸上绽开了灿烂的笑容。

载于《疯狂阅读》

有些友谊需要维护，有些事情需要说开。青春路上，哪有那么多谁对谁错呢。友谊才是第一位的。

留一声问候给秋天

文 / 何小军

若知四海皆兄弟，何处相逢非故人。

——鲍溶

　　此刻，我懒懒地躺在办公室的沙发上，眼睛盯着天花板，脸像天花板一样发白。窗外，霏霏细雨夹着冷风飘进窗来，落在我的脸上。我拽了拽衣服，冷秋到了。

　　我朝窗口看去，对面厂房里那一个个洞开的窗口，在风雨中扭曲着脸，做出一个个嘲笑的表情。

　　"这些平时像苍蝇一样围在身边转的人，像被杀虫剂喷过一样，立时不见了踪影。"我心里骂着，内心泛起树倒猢狲散的凄凉感，真是心比秋冷。

　　几个月前，我押上自己全部的家当与一家公司合作投资了一个项目，当时那家伙说得天花乱坠，谁知那厮只是个空壳，没多久卷起全部资金消失得无影无踪。为了填补资金窟窿，我四处借钱却又四处碰壁。我焦心得欲哭无泪。

　　我后悔呀，后悔当初不应物欲膨胀。

　　这时，有人来敲门，是邮递员，他递给我一张汇款单，要我签收。这个时候还能收到钱？真是奇迹。我使劲睁大眼睛一看竟是十万元。再定睛一看，汇款人居然是松子。

我与松子是从小学到高中的同学，关系特别好。高中毕业的酒会上，松子一手端着酒杯，一手搭在我的肩上说，军哥，咱俩不管以后在干什么，在哪里，都是一辈子的哥们儿，有福同享，有难同当。我说，对，苟富贵，勿相忘。说这话时，有点像当年的陈胜、吴广。

八月初秋，我拿到了省城一所大学的录取通知书，松子却名落孙山。他说，我这辈子就是种田的命。听到这话时，就像一块寒冰捂住了我的心。

大学毕业后，我留在了城里工作，松子在家守着那一亩三分地。由于离家远，我只有每年的春节才回家，一年也只能见到松子一次。每次见他，我问他过得怎么样，他都说挺好的，但我从他那过早苍老的外表和迷茫无望的眼神里，可以看出他说的那种好的含义。

其实，跟他比起来，我也好不到哪儿去。天天干着自己不愿意干的事，看似忙忙碌碌，其实跟浪费生命没什么两样。

几年后，我告别了那种朝九晚五的生活，毅然下海了。我去了南方打工，几年后，我又自己出来创业，创办了一家小公司，依托原来公司几位老总的关照，我这个小公司一年一年地成长起来。身边也开始天天有一批又一批人围着转，一些同学、老乡纷纷投奔我，我成了他们心目中的大树。但在这些人中，始终没有松子，就连一声恭维也没有。

春节我回家过年，去看望松子，只见三十出头的他竟像是五十多岁的样子，家里除了一台电视机，身无长物。我心里不禁涌起一种莫名的酸楚。我对他说，你干脆到我公司里来吧。他说，年迈的父亲在世，我不便外出。知道他是个孝子，就不强求，我悄悄地在他枕下留下一万元钱便默默地离开。

看到松子的生活，让我更加坚定了一个信念，这个世界没钱就没有尊严。正是这一念头，让我陷入了万劫不复之地。

我赶紧打电话给他确认。这才知道，他用我留给他的一万元钱承包了

村里的果园，那果园有几十亩，这几年正是盛果期，加上市场行情很好，每年都有好几万元的纯收入。今年水果还没上市，他就早早地收到了销售商的包销定金。从老乡那里得知我遇到了困难，他就先给我寄过来了。

老话说，男人有泪不轻弹。此时的我，捂着那张汇款单，趴在沙发上禁不住号啕大哭起来。在我风光的时候，松子没有来烦我。在我最困难的时候，却得到他无私的帮助。

这十万元对于我来说仍然是杯水车薪，但无疑是肃杀的秋天里最温暖的问候。

我终于知道，留一声问候给秋天。这才是最真挚的哥们儿情义。

载于《格言》

兄弟抱一下，说说你心里话……有时候觉得，兄弟真是世界上最温暖的词汇了。那些曾经拥抱过的胸膛，依然温暖如斯。

往事如烟

文／崔永照

乐莫乐兮新相知。

——屈原

盛夏的风，燥热起来。虽然太阳刚刚升起。

江门市悦民公园里静悄悄的。大地刚从晨曦中睁开惺忪的睡眼，露珠还在花瓣或树叶上滚动。已早早赶来的姜宏，漫无目的地在公园里徘徊。

往昔的温馨和感动还历历在目。刘娜一袭白裙向他走来的时候，带来的是浓郁的春天气息，漾溢心田的感激。

那是一个小燕子剪开垂柳细叶的春日，姜宏首次到江门市出差，赶到市里已是夜里十点钟了。疲惫不堪的他忽然看见有一个人飞快地向他冲来，还没弄明白怎么回事，手中的包就被那人抢走了。他大声呼救，拼命追赶，路人却都若无其事似的观望。包内有公司公章，与几家公司要签订的合同、现金，丢失后损失惨重。就在姜宏绝望的时候，远远看见有人拦截小偷。他赶到时，不敢相信自己的眼睛，见是一名女子与劫匪搏斗，她的手被抓破了几处，鲜血直流。姜宏和那名女子合力制伏了劫匪，闻讯赶来的警察把他带走了，姜宏要给那名女子包扎伤口，她却拒绝了，连姓名都没留下。

老天总会给人安排猝不及防的事情。第二天，姜宏在中天公司见到了

那名见义勇为的女子，她竟然是公司经理的秘书刘娜。姜宏讲了她勇战歹徒的事，言语里尽是感激。说希望今后双方能更好地合作，让业务和友谊实现双赢，公司领导频频点头称是。

处理完业务后，姜宏几次邀请刘娜吃饭，她都谢绝了。

离开江门市的前一天，姜宏再三邀请，刘娜才赶到饭店。那晚她喝了几杯酒竟然哭了，哭得一塌糊涂，说姜宏不用感谢她。她的男人在国外做生意时，跟一个洋妞好上了，刚把她甩了。那天见到劫匪，搁平常是没有勇气制止的，可那时她心情不好，觉得一切不在乎，就是有啥意外，对一个连死的心都有的女子，那又算得了什么？姜宏激动地说，这不是理由，是你本善良，当时那么多人一个比一个冷漠，可只有你这个弱女子挺身而出。他也为她的不幸婚姻而难受。

第二次到江门市，两人在一起吃饭时，酒后的姜宏放声痛哭起来，刘娜莫名其妙。刘娜细心开导，才知道姜宏因工作压力大，患了抑郁症，可又不能跟亲朋倾诉，心里郁结的抑郁愈来愈重，真怕哪一天会崩溃。

刘娜叹了一口气，说："我是市志愿者协会的志愿者，兼职心理咨询师，或许我能帮你？"

姜宏笑了，这真是喜从天降啊，那我一定好好配合你"治疗"。后来两人联系得紧密起来，一般都在江门悦民公园交流，他们几乎走遍了公园里的每一寸土地。每次刘娜都认真地陪着姜宏谈工作，谈生活，谈理想，谈未来，谈人生的得得失失，劝导他要保持一颗平常心，要时刻做到淡泊名利，宠辱不惊。姜宏回到家里，他们还通过微信交流，成了知无不言的好朋友。半年后，姜宏的抑郁症竟奇迹般地彻底好了。

姜宏生日那天，他们相约在江门市，看到意气风发的他，刘娜长长地舒了一口气。中午姜宏请刘娜吃答谢宴，做最真诚的表达，还说了很多感谢的话。喝得有些醉意朦胧的姜宏提出要抱抱刘娜，她给了他一个礼节性的拥抱。姜宏想吻她，她却严词拒绝了，说我们要做"大写"的人，不能做龌龊的人，你我只能做朋友。姜宏为自己的鲁莽道歉和自责，他们约定，要让纯洁无瑕的友谊天长地久。

两人间交往，一般都是姜宏打电话的，那天刘娜破天荒打来电话约他，他心里有种说不出的感觉。见面后，刘娜说要到深圳去发展了，朋友间再叙叙旧，今后交流的机会可能越来越少了。他们敞开心扉谈得很尽兴，姜宏想给她些资金算是报答，她没有点头，却说："你也去做名志愿者吧！"他们告别时，天空竟飘起了细雨，丝丝缕缕缠绕人的心扉。

几年后，刘娜又到国外发展去了，两人失去了联系。

姜宏也做了本地的一名志愿者，默默地奉献着爱心，传递着真情。他每次到这座城市出差，还会赶到悦民公园走走，一任思绪奔涌。姜宏站在这里就想到刘娜的善良和无私付出。原来这里有他的一份寄托，如此温暖和惬意，感觉天更蓝，水更绿，花更艳，生活有别样的滋味和韵味，竟也有痛彻的泪，隐隐约约，不远也不近，便多了怅然若失。

他总会看见公园池塘里的荷花，正绽放出甜美的笑脸。

是的，那荷花依然亭亭玉立、冰清玉洁。

载于《文苑》

缘分天注定。你真的无法预料在何时何地会遇见一个什么样的人，然后遇见了一份很纯洁的友谊，开出了鲜艳的花。

枫叶红了

文 / 秋叶

> 同是天涯沦落人，相逢何必曾相识。
>
> ——白居易

　　轻唱一曲相送，不知谁人最寄愁，多少忧压心头。却抵不过半壶酒，离人终有别意，爱恨只剩乌有，独自看红尘，却真的看不透。大哥、二哥，你们在他乡还好吗？当年枫叶红时，我们各奔东西。在各自的乡镇扎根，15年过去了，你们还好吗？我没有你们的一丝音信，只有默默祝福。

　　当年，我们同窗三载，去追求曾经的如风的梦。

　　同桌两载的大哥，你可记得曾多次带小妹去看电影，在那寒滩桥畔留下了你多少教诲声音，却因我们间的误会失去音信，你可曾记得我们之间的约定，枫叶再红时互通音信。如今，十多年过去了，不知你可知道，枫叶变红、变枯、变黄，再化成秋叶落地，把我们浪漫的青春耗尽。

　　一切归于平静，也不见你鸿雁传信，我想知道你的境况，生活得可好？当初那朦胧的情、受伤都不是我所愿，我选择了逃离。而如今我们都进入了围城，里面的风景可能平静，因此我再忆及那纯真的年月，斯已逝，再难寻。二哥，你可记得那翩翩飞舞的枫叶，如残阳霞光，秋色成为我们字画中永恒的主题，你的字为我的画添色，我画过的心形掌形的枫叶，你说那是秋天最美的景色，现在这枫叶依然，我又画了很多秋叶，这些秋色中却有了一丝遗憾，没有了你的墨色。然而无奈的现实，把我们如诗的年华磨去棱角，了无生趣，但又死水微澜。生活的现实，没有春花的美丽，夏花的浪漫，只有秋的平实，冬的静谧，在那误会中你也逃离了。

如今我在网上查寻，想知道同学过往的情谊，这些年来，随时都在恭候你们的佳音，错过了十年一聚的同学会我很后悔，很难的聚会也失去，虽然相距不远，却不敢贸然造访，怕扰乱你们的宁静，我只有静静等待盼望鸿雁归。

又是一年月儿圆，年年岁岁月相似，不见明月托相思，但愿你们过得好，枫叶再度红时，给我打个电话，报声平安，了却牵挂，朋友一生一起走那些日子还会有吗？但愿朋友一生一世。

美好的岁月已经如风一样飘散，留下的只有故人的背影，我们再也不会年轻，青春的终曲已悄悄唱起，我们再也回不到过去，但当我们静静回味时，总会惬意地微笑，因为远方有个老朋友在默默地祝福你们，大哥、二哥如意安康。

雁儿呢喃雁南飞，此去经年何时回，望你帮我捎封信，窗外的枫叶又红了……锦书难托！

载于《语文报》

生活是有很多无奈的，比如那些一起患难的朋友，说好的要一起走下去，可是走着走着就失散了，再也寻不见了。只有祝各自安好，岁月不欺。

玉兰花开

文 / 朱向青

> 这城市那么空，这回忆那么凶，这眉头那么重，这
> 思念那么浓。
>
> ——杨坤

南国的小城，又到了入冬的时节。

每天早晚，走在热闹或清冷的小街，会觉得有了些寒意，只想快快回家或躲到上班的地方去。匆匆地走着，忽听到后面有人唤我一声"小菁"，心里顿时涌起一股暖流，即刻回头，寻找那熟悉的久已不见的身影，我知道这是我漳州一中的老师或同学在叫我。

"小菁"这名字，我把它留在了伴我度过6年初高中生涯的一中校园里。那年9月，我带着期盼，走进了这座至今已历经110个春秋的漳州一中的校门，长长的校道两旁，是一左一右两排郁郁葱葱的白玉兰，它们带着纯真的热情欢迎每一个懵懂好奇的学子。微风轻拂，陪我一直走到新华楼。报到后，我成了新华楼里初一年级的一个新生，班级的名单上赫然写着"朱小菁"，户口本上的大名却是"朱向青"。这是我心里藏着的一个小秘密，小学时因为班上同学笑我"向着江青"，妈妈拗不过我，给我取了小名叫"小菁"，可是大家还是没叫惯。而今步入中学的我终于以"小菁"开始了我全新的生涯。小小的我，像一株未开的玉兰，该如何在校园里生长绽放？

　　每天清晨六点左右，天还微黑，我就被母亲叫起，吃饭，背上书包，走在离家去学校的路上。我家住在九龙江畔的厦门路，离学校差不多有 3 公里的路途。大约走到学校对面的钟法路与胜利路交界处，天亮了，太阳出来了，就会听到芗城人民广播站熟悉的播音："现在是北京时间 7 点整。"随之是国歌激昂高亢的声音。那时的我，走在红日里，心里真有一种蓬勃的激情，甚至想跟着广播大声唱起来："我们万众一心，冒着敌人的炮火前进，冒着敌人的炮火前进！前进！前进！进！！"可是我终究怕人笑话，没有唱出来。

　　进入校园，先到食堂蒸饭。食堂在学校的西侧操场边，里面排列着一个个木制的大蒸床，边上还有一个木架子，一层层搁着同学们存放在这里的饭盒，有的是圆口的带把手的搪瓷缸，有的是长方形加盖的铝制盒。我把从家里带来的米洗净，加上水，看着我的饭盒和其他几十个伙伴安稳地躺在一个蒸床里，放心地去上课。外婆说，鸡蛋有营养，让我每天带一个放在米饭里一起蒸熟了吃。可是好几次等我中午来到食堂，找到了我的饭盒，却不见了我的鸡蛋，不知被谁抠走了，饭的中间凹陷下去，留下一个小圆洞！我发誓一定要逮到这个偷蛋的"贼"！

　　有一天，第四节上体育课，老师把我们带到食堂边的篮球场打球，放学铃声一响，我就直奔食堂，果真逮着了！是一个高年级的男生，正要拿起我的饭盒，我大声吆喝："那是我的！"他一下涨红了脸，僵直地立在那里，不知所措。我劈手夺过！扬长而去，任留他在三三两两围拢来的同学们的窃窃私语和嘲笑里。那时，我只觉得得了胜似的扬扬得意。过后，当我走在宽阔的大操场上，在一株株安静伫立的白玉兰树下，那个男生欲言又止的模样清晰地出现，我渐渐为自己毫不问因由、一点情面不留的严苛感到不安和羞愧。现在想来，即使他做错了什么，也不该这么赤裸裸地被一丝不剩地剥夺了自尊。那天，也许是我一生中做的第一次有意识的忏悔。

　　这件事最大的好处是，它让我以一种反省的态度进入了我的学习。当

时我们班的班主任和英语老师都姓杨，为了区别，我们私下把她俩分别叫作矮杨、高杨。这多少有点不敬的成分，尤其是对我们班主任，但大家偷偷地叫开了。因为个子高高的英语老师总是笑容可掬，而我们的"矮杨"班主任常常冷着脸，班上的同学大都怕她，甚至埋怨。而我经由那件事，隐隐地想，总是有原因的吧？老师也是人，也有自己的七情六欲，也会不开心，甚至哭泣，不可能要老师总是和风细雨。过后，我得知那阵子班主任家里的确有点不如意的事，其实老师对我们并非漠而视之。有一天中午，我从食堂回教室，迎面碰上她，正想躲开，杨老师却微笑着迎上来，对我说，你家远，中午要好好休息。嗯，我小声应着，心里一阵热乎。又有一次年级测验，班上语文有了明显的进步，我也考了不错的成绩，杨老师开心地笑起来，大大地夸了我们一番。大家由不习惯到发现，原来老师的笑容是那样的好看。全班同学也跟着轻松快乐起来。刚好年级作文竞赛，我突发灵感，把我们的班主任杨老师比作一个热水瓶，我说她是外冷内热，外表看似冷漠，内心沸腾澎湃……结果我的这篇文章飞出班级，张贴在年级佳作展示栏上，那时我们已经由新华楼搬到劳动楼，佳作栏就在楼下的转角处，每天我装作不在意，一遍一遍地溜去看，心里暗暗欢喜。后来，我的文字越飞越远，到了新华楼前左右两侧学校的宣传栏。我尝到了写作和学习的乐趣，每天放学，都恋恋不舍地走在校园里，校道两旁的玉兰树枝叶拥簇着向我轻轻致意，冬天已经来了，冬天又要过去，抬头看，枝端上那朵朵碧白色的苞蕾已有了早春的气息。

渐渐地，玉兰树不断生枝长叶，越发高大碧绿。我也升上高中，进入教我们政治的郭老师的班级。学校如火如荼地开展了课外活动，也许是受到年轻的郭老师那份朝气的感染，原本安静的我也跃跃欲试，参与其中。高一那年的运动会，个子小小、毫不起眼的我站在了400米的跑道上，突破众多选手进入决赛，最终获得第三名的好成绩。众人大感意外，热烈地簇拥着我回到班级，让我尝到了一种英雄得胜凯旋的欣喜！可是不争气的我因此患上了"恐跑症"，我怕枪声响起的一刹那心要跳出来的感觉，我怕没跑好会遭到大家冷落的那一切……运动会又到了，我拒绝报名，也不说明原因，体育委员愤愤地去找班主任告状。高二我到了文科班，班主任是教我们历史的陈老师。陈老师把我叫到教室外的走廊里，我低着头准备挨训，他却慢慢地开了口："没关系，不跑，你就为班级写宣传稿吧。"我抬起头，陈老师眼镜后透出温和的笑意。我却无法言语。多少年了，我总是记住那个走廊，那个我面对老师的微笑却不能说一句话的情景。它让我看到了自己的懦弱，促使我勇于突破。又是多年后，我在班级同学的聚会中知道陈老师身患重病，却始终以一种积极乐观的心态面对并战胜病魔。我想，我该对老师说点什么了。那年，我也早当了教师，学校也开运动会，教师进行接力赛，我终于又换上运动服，穿上跑鞋，意气风发地站在了运动员的队列……

时光荏苒，玉兰花开了又落，落了又开。我离开一中，由"小菁"成了"向青"，因为高考报名，我又恢复了我户口本上的名字，并渐渐地有了我的一片青葱的天地。心里，我却始终忘不了母校那棵小小的玉兰树，忘不了校道两旁那许许多多在料峭的春风里年年傲然开放的白玉兰，忘不了在那美丽的校园里，叫我"小菁"的亲切的声音和许许多多微笑的脸庞……我亲爱的母校，亲爱的老师同学们，你们都好吗？春天就要到来，我惦念着的玉兰花，你开了吗？

载于《文苑》

有些时候，自己的称呼只是属于某一个时期，某一个地方，某一个人的。

别使友情靠边站

文 / 刘诚龙

我想，有些事情是可以遗忘的，有些事情是可以纪念的，有些事情能够心甘情愿，有些事情一直无能为力。

——安妮宝贝

"一个都不饶恕。"这是鲁迅先生的临终遗言。不晓得先生驾鹤西去那会儿，是哪些人在他脑海里过电影，使先生遗恨未消？先生死而不已，战斗不止，魂魄不与恶浊世界苟同与苟且，确乎是战士本色，较那些乡愿与老好人，先生精神与之何止以道里计？

我猜想鲁迅先生一个都不饶恕，都是脑海里过电影那刻，影影绰绰飘过脑海的人吧？不过想来，有好多人是可以饶恕的，比如顾颉刚。

顾颉刚与鲁迅先生没有太多交集。当年在北京，顾颉刚以历史为业，没怎么参加各色论争。新文化运动里多分派，语丝派啊，现代派啊，古文派啊，派性斗争得厉害，顾颉刚没怎么掺和，他哪派都算不上。

顾颉刚与鲁迅先生交往而形成恩怨，起源于同在厦门大学教书。林语堂就职厦大文科主任，筹备厦大国学研究院，任职第一事，即从北京挖人才，将鲁迅、孙伏园与顾颉刚诸先生罗致过来。鲁顾开始对面相逢了。

朋友莫做同事，同事莫做朋友，这或是人生经验之谈。朋友是拿来远距离你我欣赏的，不是拿来近距离彼此碰撞的。脚挨脚，头抵头，难免锅子碰勺子。大学教授固属清高职业，但要评职称了，要发放课题补助与年终奖了，多半也要先来脚踏现实，然后再去高蹈精神。

　　我说的这些，是非常俗套的人生恩怨，不能标注鲁顾关系。鲁迅与顾颉刚先生其恩怨情仇，并不是他俩间投放了一块金子。刚来厦大，两人惺惺相惜，交往甚欢，同处办公室办公，同赴伙食堂吃饭。顾送鲁一本宋濂的《诸子辨》，鲁也请日本友人为顾找《封神榜》资料，友谊相得，其乐融融。只是好日子不长久，说来也无甚标志性事件。开头两人相见错身而过，不搭腔只点头；后来头也不点了，算到要错面，一人先往厕所去，或一人待在教授办公室再多读三五分钟报纸；再到后来，闹得厉害了，鲁迅先生在报上写"禹是一条虫"以讽刺"红鼻子"了（鲁迅先生讥称顾颉刚叫红鼻子）。

　　这让顾颉刚郁闷，他想不出是哪里开罪了鲁迅先生。鲁迅先生也没怎么说。后人从先生日记里，找到了一些友情破裂的蛛丝马迹。大概是顾颉刚到厦大后，一派热心肠，今天推荐这人，明天引进那人，先后推荐了潘家洵、陈乃乾、容肇祖等人来厦大。顾颉刚引人来，并没拉帮结派的意思。时人公认，顾是没什么心机的人，他一向喜欢呼朋唤友，跟很多人都扯得火来。既然是朋友，便两肋插刀，顺便做件加深友谊的事，有何不行呢？

　　顾颉刚荐这人、举那人，这让鲁迅先生很不满。何则？因为顾先生引荐的人里，有好几个是鲁迅先生论敌的朋友。鲁迅先生在北京，曾与陈源等现代评论派开过论战，成了论敌，鲁迅先生说"一个都不饶恕"，陈源之流肯定是在其中的。顾颉刚引荐的人里，有几位恰恰是陈源之流的朋友。鲁迅先生几次在给许广平的《两地书》里说起这事，如"在国学院里的，顾颉刚是胡适之的信徒，另外有两三个，好像都是顾荐的，和他大同小异，而更浅薄"；"顾颉刚是自称只佩服胡适、陈源两个人的，而潘家洵、陈万里、黄坚三人，似皆他所荐引"；"这人是陈源之流，我是早知道的，现在一调查，则他所安排的羽翼，竟有七人之多"；"唯顾颉刚是日日夜夜布置安插私人"。

　　顾颉刚所荐举的这些人，很多是胡适一派、陈源一派，鲁迅先生与之势不两立。鲁迅先生与顾颉刚是朋友，顾颉刚却引朋友的敌人的朋友来，那不是太不顾及朋友感受了吗？鲁迅先生对顾颉刚暗恨渐生，友情渐淡渐无；后来，虽不至于不共戴天，却也不太愿同履一地。顾颉刚在厦大，鲁迅就不愿

待在这里；鲁迅后来到了中山大学，要命的是，顾颉刚不久也要去这学校。鲁迅大不满，对学生说：顾颉刚来了，我立刻走。顾颉刚一来，鲁迅果然走了。鲁迅先生后来与人说："当红鼻到粤之时，正清党发生之际，所以也许有人疑我之滚，和政治有关，实则我之'鼻来我走'，与鼻不两立，大似梅毒菌……"

甲乙丙三人，都居文坛入理论界，甲与丙是论敌，乙与甲是至交好友，与丙也是好友，这不行吗？若要跟我甲玩，那你乙就得跟丙断交，否则，咱俩拜拜。鲁顾交恶，是这般情形吗？当事人不说，后人不好妄测。不过鲁迅恩怨有时太分明，可能是真的。当年他与钱玄同，是特要好的老友，后来也闹得"你在我就走"地步。1932年，鲁迅北上探亲讲学，要来钱玄同任国文系主任的北师大演讲，钱放出狠话："要是鲁迅来师大演讲，我这个主任就不当了。"钱鲁隔阂竟至于斯！鲁迅先生逝世后，钱玄同做了纪念文章，心平了些，气和了些，对鲁迅先生性情褒者褒，贬者贬，其中谈起先生性格弱点有三项，如多疑，如轻信，如迁怒。比如迁怒，钱玄同是这么说的："譬如说，他本善甲而恶乙，但因甲与乙善，遂迁怒于甲而并恶乙。"

钱玄同说得对否？也不好说，设若以今推古，那是很可能的。我是这派，论敌是另派，或者我与那人有恩怨，那么你得阵线分明，否则你就不够义气，这景也常见。只是这太为难朋友了。你朋友是我朋友，只要你朋友愿意，那是可以的；你敌人是我敌人，必须这么强求随你爱憎与恩怨吗？没必要吧。我觉得如果鲁顾恩怨真是这么形成的，那么我希望鲁迅对其论敌，可以一个都不饶恕，但对顾颉刚等朋友还是可以饶恕。

载于《语文报》

有些事情，有些人，始终无能为力。那些曾经逗留过的面孔，总会在后来的岁月里一一浮现在你的眼前，饶恕或者不饶恕，其实没有意义了。

花开两朵，未必天各一方

一别多年，之后的这个春天，她收到他从故乡寄来的一包鸡尾花的种子，她在几个小小的花盆里种下了几十棵鸡尾草。天气一天比一天暖了，和风细雨里，她相信它们总有一天会生长出来，到时候，她也会用它们编出美丽的草戒，等她把它戴在手上，那时候，湮灭在记忆中的往事又会美好如初了。

Zui Meiwen

少年友谊

文 / 冠豸

在时间和现实的夹缝里，青春和美丽一样，脆弱如风干的纸。

——辛夷坞

一

安琪是初三才转学过来的特长生。老师安排她和我同桌时，我心里很不舒服。班上的特长生成绩都很差。

我不知道她是不是成绩太差才专攻画画的。几天下来，我都没搭理她。安琪是个漂亮的女孩儿，个头儿高挑，长发飘逸，特别是那双眼睛，闪着柔和的光。大家说她长得像美女漫画家夏达，我却觉得一点儿都不像。

我对安琪有些看不顺眼，虽然我在班上也让很多同学看不顺眼。在别人眼中，我是那种清高的人，不合群。

我并不在乎别人怎么看我，那都是别人的事。

5年前，妈妈要跟爸爸离婚，无论我如何求她，她都不回头。妈妈的选择伤透了我的心。年少的我倔强、敏感，虽然后来妈妈一直对我很好，但我知道我和她之间已经横亘了一条永远无法逾越的鸿沟。

邻居们都说我很懂事，但唯有我自己明白那是被逼的。

二

漂亮的女孩儿总是引人注目。安琪才来没多久，就有许多男生给她递字条了。只是安琪从来不曾在意过那些字条，看也不看，撕碎后捏成一团，随手扔进教室角落的垃圾桶。

男生们知道了她的态度，几次后，就偃旗息鼓了。安琪不张扬，那是给他们留几分面子。记得隔壁班有个女生居然把她收到的所有"情书"一张张整齐地粘贴在学校的"宣传栏"上供大家"欣赏"，让那些情窦初开的男生遭受了前所未有的打击，在学校里整日抬不起头来。

高俊是班上最自以为是的人，凭着自己有几分帅气，整天以一个"绝世情圣"的姿态周旋在众女生中间。他看见别的男生递字条纷纷受挫后，得意扬扬地宣布："该是本帅哥出马的时候了。"

课间休息，高俊带着他的两个跟班过来找安琪说话。安琪不搭话，任由他说得唾沫横飞，只低头趴在课桌上画画。看得出来她很反感高俊的油嘴滑舌，不像别的女生，听了高俊的话后会笑得合不拢嘴。

安琪的表现，多少改变了一些我对她的看法，特别是几次考试后，我才知道，她不仅画画好，成绩也很优秀。

有一次，高俊在课间故作亲热去抢安琪未完成的画作，拉扯中，那张画到一半的梦幻精灵被撕成了两半，安琪恼怒地说："你烦不烦呀？整天像只苍蝇一样。"说完，她就把剩在手中的半张画撕了个粉碎，随手一扬，愤然地走出教室。

在班上，从来没有哪个女生这样骂过高俊，安琪的话无疑是在平静的湖面上投下了一块石头，激起阵阵涟漪。高俊气急败坏："不就一张破画

吗？你要多少？我画给你！"走到教室门口的安琪听后转过头，说："我想要的画，你永远也画不出来。"

"谁能考上特长班还很难说，你得意什么呀？"高俊一扫过去的优雅姿态，蛮横无理地嚷着。班上的同学在背后窃笑起来。

高俊转过身，看着大家不怀好意的笑脸说道："笑什么笑？"

透过玻璃窗，我远远地望着安琪，心里竟然对她产生了敬意。这个安静的女生，平时像只温顺的小羊，生气时竟这样凛冽。

三

那场闹剧拉近了我和安琪的距离。从她的眼神里，我能感觉得到友善。

课间休息时，她依旧喜欢趴在课桌上画画，像只安静的小猫。我静静地看着她画画时的样子，就像在欣赏一幅画。

"你成绩那么好，为什么要学画画呢？"我问她。

"这矛盾吗？画画是我最大的爱好和兴趣。如果哪天不能画画了，我想我也不会再有兴趣做任何事。"安琪平静地说。

彼此熟悉后，我突然感觉安琪看似恬淡的表情下隐藏着一种说不清的哀怨。有时，她上着课也会轻轻叹息，时常趴在桌子上，静静地望着窗外。我颇为她担心。

那时中考已经临近，班上的学习气氛已经紧张起来。就连高俊也不瞎惹事，开始认真学习了。

"你怎么了？"一天晚自习前，我见安琪又趴在课桌上心烦意乱地画画，便小心翼翼地问她。

"没什么，就是很烦。"她说。我注意到安琪的脸色有些苍白，连忙问她是不是生病了。她摇头，过了一会儿，又说："我宁愿自己真的生病了。"

我觉得安琪一定有心事。

晚自习结束后，我们同路回去。夜很黑，街灯把我们的影子拉得悠长。

走了很久，她突然冒出一句："我爸妈终于还是要离婚了。"

我愣了一下，让她继续说下去。父母离婚所带来的痛苦我体会过，所以我能够理解安琪此刻的心情。

"以前，虽然他们只是貌合神离地生活在一起，但一个家毕竟还是完整的。现在都结束了，他们还在家里大打出手……"安琪哽咽了。

我曾听同学说，安琪的父母都是生意人，家里很有钱。只是她低调，从不张扬自己殷实的家境。

"我害怕回到那间空荡荡的房子。这几天，我都是整夜失眠，一直在回忆小时候那些快乐无忧的时光。它们都过去了，结束了。"安琪说着，泪珠涌出眼眶。

"安琪，我们都要学会坚强地成长。父母分开了，但我敢肯定的是，他们是爱我们的。"我安慰她，其实也是说给自己。我们都是孤单行走的孩子，面对父母的离异，内心的伤痛需要在温暖的陪伴中渐渐抚平。

我们第一次，也是最后一次一起说了很多的话。我把自己的经历告诉了安琪，想让她不那么悲伤。

四

安琪在中考前的一个月离开了学校。临走前，她对我说，要一个人回老家去，那里有慈祥和蔼的爷爷和奶奶。

那天早上，当班主任在教室里说起这事时，没有人说话，就连高俊也一反常态地没有吵闹。寂静的教室里，我感受到一种前所未有的压抑，还听到了轻轻的叹息声。大家都忘不了安琪那安静、美好的样子。

看着身边空荡荡的桌面，我突然恍惚起来。仿佛她从来不曾出现过，这个班里，也再找不到和她有关的痕迹了。

窗外的蝉频率单一地叫起来，夏天到了。我想，安琪回老家后，应该会过得更加幸福和快乐吧？

我希望是这样的。

载于《做人与处世》

有些人走近我们，教会一些什么东西，然后离开。便再也寻不见了。那些年少单薄的影子，就像青春一般，突然就不见了。

美丽鸡尾草

文 / 若荷

爱一个人，应该包括让他追求自己的理想。

——张小娴

　　她每年都要写宣传报道，因为单位要考核，要作为工作成绩来奖惩。为了发稿，许多同事都在找路子。她的路子不宽，但几年来稿件往复，意外认识了他。他在北京一家杂志社工作，对她的帮助不是很大。对她来说，如果有些人是路，他只能算座桥，桥很窄，也很高，人多的时候，她就可能给"挤"得"掉"下来。

　　那一次，为了节省稿子在路上的时间，她于是发传真给他，电话打过去三次，一直没有联系上。后来联系上了，他却是在家里，仍然带了苦笑："你单位有没有网？家里能不能上网？"

　　关于网络，她很陌生，单位和家里都不曾上网。"你平时写作，就不用电脑？"他连问三遍。"用的。""那就上网吧。"几乎是命令。哦哦，她爽快地答应着，迟迟地一拖再拖。

　　4月，终于上了网，正是SARS猖狂的时候。有那么几天，他很少出门，便当了她的网络教师。首先帮她申请了电子信箱，通过它来发送稿件。时下流行提速，火车提速，政府部门办公提速，都与她无关。但E-mail却从此与她有关了，鼠标一点，便越过了万水千山。

接下来，他要求看她的文章，她正没处炫耀，便寄去给他。他看了，说，不如你去个地方，可以放手地去写。她说哪里？他说"bbs"。不明白，她摇头，他说他知道。

尽管不明白，她还是去了。他推荐给她一大把在线选稿的论坛。她发出了第一个帖子。"要灌水的哟？"他的每一句话都让她晕头转向。

"哦，怎么发帖、回帖？"

"不要着急，我会慢慢告诉你的。"他不厌其烦，频频发来消息。她却感到他仿佛在拽着她的耳朵大声地喊。从此，她渐渐地学会了一些电脑知识，可以自由发帖，会一点点修改功能，不用他指导也行了。

SARS过去，"老师"也要工作了，再没有时间辅导学生，从此就联系得少了。偶尔发一封电子邮件，动漫、画片、歌曲等，有时候除了主题连内容都没有，她说你也太吝啬了。但每次看到信，回头照样兴高采烈，因为自己寄给他的更少，本就不吃亏的。

去外地出差的路上，偶尔发现一株鸡尾草，他打电话告诉她，那是他们家乡常见的一种草。知道吗？他说，小时候，他的妈妈最喜欢用这种花草来编织草戒。那是一种什么样的草戒啊，他绘声绘色地对她说，戴在手指上，闪耀着钻石的光华，你信不信，它们比钻石还漂亮！

钻戒，钻戒？提起它们，他的语气霎时沉重了起来。他在信箱里，或电话中，开始向她诉说一段埋藏很久的心事，那是他从不示人的。由此她知道了他的女友，前一个和后一个，都很漂亮的。前一个提得多一些，每每提起来，言语里全是初恋情结，浸浸着深深的感伤。这样的日子，断断续续、散散漫漫，掺杂着说不清的烦躁焦灼，于匆忙烦忧中转眼过去。

在这一年里，她的小说散文空前地发表了许多。他也撰写了大量研究性论文或经济类大稿，各大网站都有转帖。对于他的情况，她也一直关注着，病了；在外地出差；调动工作；因为文章揭露时弊触及个人利益而被人恐吓……"不要紧吧？"想好了的问话，尽量不流露出担心模样。他回答得也轻松极致："不要紧的哦，后脑勺长着眼睛呢！"于是，本来很牵挂的，却无缘由地大笑起来。

这样的友谊，直到今年的春节。旧历的腊月，他要回老家探亲，发信息过来，21号的火车。"三年没有回家了，想家了吧？"她故意逗他伤感。"你再说，你再说我就要流泪了。"哈！他们大笑。没有声音的，因为信息里不会听到，更不会看到。

坐了两天的火车，大概是到了。承欢在父母的膝下，应该是很快乐的吧。年三十的早上，他发来信息，说一年了，看到父母，感怀中总想写点什么。她说，她也想写点什么。他说，写吧。写吧，她说。

一年了，怎么过来的，有过风吧？有过雨吧？一年了，盘点一下自己的生活也好。然而，仿佛一切的一切，点点滴滴，都随风飘去，随时光而去了，没有留下任何的印迹。

拜年的电话不断，他的手机也总是忙音。

"在做什么呢？"

"在外面呢，看汽车。"

"北京那么多汽车你没有看够？"

"不同啊，在北京想家，在家想北京啊。"

他的家在革命老区，那里的人们生活还很清苦。曾经听他抒情般地慨叹："那一片人亲，土亲，山亲，水亲的红土地哟！"

随着时间的流逝，他们的联系开始日渐减少，激将法似的，他说一定要她拿出最好的文章。她不停地写着被他戏称"小女人"的文字，排遣着心中的孤独，宣泄着不可言说的内心的忧伤。而在那个喧嚣繁华的都市里，他也在匆匆忙忙地奔波着。他说，他要挣够用以买房的近百万元来建立他理想中的小巢。心在旅途，三十四岁的他，至今还是一个"北漂"。

他说，人，总有来有去，只要大家生活得快乐，只要他们彼此想念着，放弃不是坏事，痛负太重会消磨他们的精力啊，他们还要保持足够的

力量去迎接新生活呢!

　　一别多年，之后的这个春天，她收到他从故乡寄来的一包鸡尾花的种子，她在几个小小的花盆里种下了几十棵鸡尾草。天气一天比一天暖了，和风细雨里，她相信它们总有一天会生长出来，到时候，她也会用它们编出美丽的草戒，等她把它戴在手上，那时候，湮灭在记忆中的往事又会美好如初了。

载于《疯狂阅读》

　　每个人到最后都得自己去面对生活。可是，在这过程中，我们碰到的一些人，给了我们温暖和爱。正是这爱，让我们走得更好。

关心不是问一声

文 / 孙道荣

假作真时真亦假；无为有处有还无。

——曹雪芹

一次，去领导办公室汇报工作。间隙，领导忽然关心地问，孩子怎么样？我告诉他，孩子已经读大学了。他似乎有点不太相信，真的吗？你孩子都已经上大学了？领导又饶有兴致地询问，上哪个学校啊？读什么专业？

除了工作关系外，我和这位领导的交集不是很多，没想到他会关心我的孩子和家庭情况。我承认，我当时心头一暖，有点小感动，告诉他我的孩子读什么大学，什么专业，几年级了，等等。领导不住地点头，说不错不错。

我自认为不是一个喜欢争宠邀功的人，但领导的关心，还是让我有点激动。我觉得一个在工作之余，还能够关心下属的家庭和生活的领导，就是一个很人性化的领导。

没过几天，陪领导一起去市里参加个会议。路上，领导忽然关心地问，你孩子该读中学了吧？我哑然，前几天他不是刚刚问过我孩子的情况吗？没好意思点穿，我平静地告诉他，孩子已经读大学了。他惊讶地看着我，真的吗？你孩子都已经上大学了？你真是好福气啊。接着，领导又饶

有兴致地询问，上哪个学校啊？读什么专业？

看着领导一脸关切的样子，我忽然明白，他其实根本不是出于真正的关心，只是随口问问而已，从没有往心里去，即问即忘。

真正关心你的人，是能把你的话、你的事、你的一举一动往心里去的人。

我有个老同事，自我调离那个城市之后，就没再怎么联系了。一日，他出差来杭州，相约一叙。闲聊中，他问我，寒寒新的专业怎么样？我激动而诧异地看着他，我没想到，他能一下讲出我的孩子的名字，而且知道孩子大二时换了专业。他淡淡地说，寒寒小时候经常来我们办公室，很调皮，很可爱，我怎么会不记得他？我又好奇地问他，那你又是怎么知道他大学换了专业？他笑着告诉我，从你的博客上知道的。又加了一句，我经常偷偷上你的博客，你的很多文章我都读过呢。

什么是朋友？我觉得这样的朋友，就是：

有一次，我们同寝室的大学同学聚会，这是我们毕业之后难得的聚会。老大给我们倒茶水，就像大学时一样，他总是乐于为大家服务。他给其他每个人沏了一杯绿茶，端给我的却是一杯冒着热气的白开水。在将热水杯递给我的时候，他说，我记得你胃不大好，从来不喝茶叶的。接过热水的那一刻，我的内心涌起一股暖流。这么多年了，他竟然一直记得，我觉得我们的友谊就像这杯热开水一样，特别温暖。

远离家乡和亲人后，每个星期，我和妻子都会各自打个电话回家，问问父母的身体情况。母亲的耳朵不大好，要很大声地跟她讲话。我问她，最近身体好不好？母亲都会说，她的身体很好，让我们安心，又叮嘱我们也要注意休息，养好身体。

那天我感冒，喉咙痛，说不出话，让妻子代我打个电话回家问候。她问母亲，这几天降温了，你的老寒腿怎么样了？真没想到她竟然记得我母亲有老寒腿。她又跟母亲讲了一个她从报纸上看到的保养老寒腿的土方子，让母亲照着方子护理。那天，她和母亲聊了很多。

隔天，妻子下班回来，带了个很厚实的羽绒护膝，让我抽空去邮局寄回家。她说，妈年纪大了，天冷了，她那个老寒腿特别需要保暖。

我一把抱住了妻子。每次我打电话回家，都是简单地问问母亲的身体情况，像个程序一样，妻子则细致多了。妻子娇嗔地笑笑，关心一个人，不是只问一声。

是的，用心，才是真的关心。

载于《中学生》

我们经常会犯一个错误，那就是容易把别人的话当真，这世界上的很多事，其实是辨不清道不明的，千万不要当真。你要知道谁才是真正关心你的人。

桌洞里的红苹果

文 / 龙岩阿泰

> 人人相亲，人人平等，天下为公，是谓大同。
>
> ——康有为

一

到新学校的第一天，同桌魏芸就悄悄告诉我，不要去招惹最后一排，那个脸看起来脏兮兮的男生江浩然。在我迟疑时，她又伏在我耳畔低语："他是农民工的孩子，不讲理，我们班的同学都不喜欢他。"

我笑笑，转过头去瞟了一眼，看见一个碎发男生正大声嚷嚷，使劲推搡一个胖男生。可能是感觉到我注视的目光，他也转过头看了我一眼，很随意的一瞥，却满是挑衅。我礼貌地报以一个灿烂的笑容时，他却把目光转开了。

可能是因为我从上海回来，也可能是我待人友善，班上的同学很喜欢在课间围在我身边，我们谈笑风生。我很感激大家的热情，每天都过得很开心。我也很好奇那个叫江浩然的碎发男生，他的脸确实有点脏，但更让我印象深刻的是他的眼神，那眼神充满了不屑和敌意。

二

几天时间里，我就观察到这个班的同学确实不喜欢江浩然，他们对他视而不见。

江浩然时常制造事端，让大家注意到他的存在。他上课捣乱，和老师顶嘴，课间总是风风火火横冲直撞，动不动就和同学产生摩擦，小至吵嘴，大到动手。

"见识到了吧，他就是这样惹人烦。老师都不知道有多讨厌他。"魏芸又一次在我面前提到江浩然。"他一直都这样吗？"我问。"差不多吧，反正他是农民工的孩子，大家从来都不喜欢他。"魏芸一脸鄙夷地说。

我却对江浩然充满了好奇，这样的男生，他脑子里都在想些什么呢？他不知道父母挣钱的艰辛，还是他知道却根本不在乎？

三

一个周末，路过街边水果摊时，我突然看见了正在整理苹果的江浩然，旁边还有一个中年女子，应该是他妈妈吧。

看见我，江浩然一脸惊愕的表情，还脸红了。看见平日里爱嚷嚷的他脸红的样子，我禁不住笑出了声。"买苹果吗？"可能是我的笑惹恼了他，江浩然低下了头，冷冷地问。"是，我买苹果。你真棒！知道帮家人的忙。"我说的是真心话，但他的脸更红了。

江妈妈热情地招呼我，有点手足无措。可能是她知道江浩然在学校并不受欢迎，突然看见我热情又主动地与他们说话，显得很开心。"你们到旁边聊吧！浩然，好好招待你的同学。"江妈妈说。江浩然这会儿看似缓过劲儿来了，脸上又浮现出往日里的调皮神情："杜同学，赏个脸到边上聊会儿吧？"我笑着点头。

坐在街道的花坛上，我们东拉西扯地聊了半天。感觉得出来，江浩然很爱说话，性格也特别活泼。可能是长期以来被排斥，年少轻狂的他居然用了一种并不受欢迎的方式引人关注。我能理解他的这种想法，因为年少的我们都希望被人关注。

话语投机，江浩然滔滔不绝说得眉飞色舞，他讲起他遥远的家乡，讲起他初来城市时经历的糗事，逗得我哈哈大笑。我也说了很多当初在上海的趣事，还有我对他的期望。

"你那么棒，一定要选择一种好的方式让大家了解你，真实的、有趣的你，不必用消极的哗众取宠来博得眼球。"我说。

我的真诚，我相信他能感知。

四

回到学校，我发现我的桌洞里居然有一个大大的红苹果。

不用猜都知道是谁放的。我回过头看江浩然时，他正朝我笑。我突然发现，他的脸干净了，而且笑容可掬。

"笑什么呢？这么开心。"魏芸搂着我的肩膀问，但随即她又惊叫起来，"还有苹果呀？"

我微笑不语。

"送我吧，我正饿着。"她一点儿也不客气，抢走了我手里的苹果。

我又回头看江浩然的反应，他耸耸肩，摊开双手，一脸无奈状。我却"扑哧"笑出声。

江浩然的改变很明显，可能他也想明白了我对他说的话。希望被关注没有错，重要的是选择的方式方法。友善待人，态度真诚，努力上进，哪一样都可以让人关注和喜欢。

第二天，我的桌洞里又塞有一个红苹果。魏芸看见后，又嚷嚷着想抢，我却紧紧藏在怀里，摇头说："NO！""爱心苹果？"她好奇地问。我扬起头对她挤眉弄眼，说："你猜！"我的余光瞟向后排的江浩然，他正笑得欢。

放学后，我刻意和江浩然一起走。

"谢谢呀！你的红苹果我收下了。不过，有这一个就够了，你的笑容对我来说更重要。我们是好朋友，要一起进步哟！"我高兴地说。

"嗯！我听你的。"江浩然突然温柔得像一只小羊。

看他古怪的表情，我有点受不了了，两人忍了半天，最后同时纵声大笑起来。

载于《中学生》

　　每个孩子都是天使。不管什么出身，都是平等的。可是我们往往会因为自己的片面观察和随便下结论，就使对方跟所有人孤立起来。多点关爱和温暖，每个人都会成为好朋友。

转角咖啡馆

文 / 许家姑娘

结庐在人境，而无车马喧。问君何能尔，心远地
自偏。

——陶渊明

忽然间，已攒下一帮老友。

忽然间，已沉淀出一片岁月浅滩在身后。

多年前，我混于一个论坛，报纸副刊的选稿论坛，叫"扬子文苑"。那时候，真是有激情，一天不上几次论坛就辗转反侧不得安。看自己的文章，也看别人的文章。

编辑的网名也叫得深远、有幽趣："午后的遐想"。我们常常丢掉遐想，直称她"午后"老师。午后每天来论坛里选稿子，初审通过的稿子，会在文章标题后面留下金贵的三个字"已下载"。所以，每天晚上，上论坛，看谁谁谁被下载了，一帮五湖四海的坛友，隔着薄薄的显示屏，拱手相庆，跟帖祝贺。

隔那么半个月一个月的样子，被下载的稿子中，终审未通过的，午后发帖，列出被毙的稿子题目。那是最人心激奋的时候，一个个被毙得人仰马翻，却依旧山花烂漫。

那真是一段很纯文学的时光。

后来，一帮人觉得不过瘾，谋划着来次小聚会。

"五一"长假，在南京。都是第一次见面，啊，你是"503"啊！啊，你是"红泥醅酒"啊！啊，你是"风中立人"！怎么怎么？你是"乡下玉米"？对啊，对啊，我是许冬林……

大家 AA 制，租了一间会议室，还请来编辑午后老师。没想到午后是那样优雅美丽的一个女人，像一块老玉，温和，圆润，通透，又博学多智慧。她闲闲道来，谈我们每个作者的文字，谈大家今后的写作方向。然后，三三两两合影，一张又一张，热烈又腼腆地秀各种姿势。《扬子晚报》的记者后来也来了，还带来一面长而红的条幅，上面印着扬子文苑网友聚会的字样。我们牵开那红条幅，在饭店的后园子里照了张大大的合影，背后是一丛江南的细瘦紫竹，枝叶婆娑。

下午，一帮人换地点，转战街角一家咖啡馆，这是个有些僻静的地方。我们好像是一路走过去的，那时，南京的老梧桐还没有被大肆砍伐，浓荫交叠，阳光覆下来，落在头上、肩上、脚尖上，都是绿色的。我们就那样，穿过长长的梧桐荫，去咖啡馆，却不为喝咖啡。我们是谈文学啊！臭味相投的一帮人，惺惺相惜，热爱着文学如同热爱着亲人，像梁山好汉一般仗义地谈对方的文字。

谈文学，其实，是以文学的名义，相互喝彩，相互鼓劲。以文学的名义，聚会，务虚，但是觉得值，觉得生动，有意思。

晚上住在宾馆里，有文友的关系，宾馆额外打了折。晚饭是南京大学的一位教授请的，没想到教授也隐身为网友"东山银杏"，也在论坛发帖，和我们一起，为文学而狂欢。他说许冬林啊，你不要选择全职写作，那样太累……

心底一阵热热的感动。文学的小道上，是这样前呼后应，古道热肠，大家相逢一笑，珍重珍重！

第二天早上，我们离开南京。去车站前，特意去报亭买了一份当日的

《扬子晚报》，那报纸还散发着刚出厂的油墨香，还登着我们头天聚会的大合影，上面紫竹青葱丰饶，枝叶婆娑，像我们每个爱文字的人，像我们的内心。

最难忘那个叫苏苏的女子。

她从连云港来，站了六七个小时的火车，为参加这样一个小小的聚会，这个没有冠上任何奢华霸气口号的聚会。她来，只为爱文学。和我们一样。

当天在南大的晚宴，她也没参加。匆匆忙忙，为赶火车，赶着第二天上班。

瘦瘦高高的苏苏，烫着卷发，有着苏北女子特有的明朗和绰约。曾经，有某前任国家领导人去他们工厂视察，下车间，苏苏穿着蓝色的工作服，在领导的身后，高高挑挑的，很有一种蓬勃的朝气。那张照片似乎是在苏苏的手机里，我们传阅着看。

那时，我相信苏苏的文字会走得很远。

她给我寄过当地的《连云港日报》，那上面登了我的小文章。还记得苏苏在那篇文章旁边写了一两句话，写了"冬林"两个字，大意是对我的鼓励和赞赏。苏苏的字，工整娟秀，有清气，像苏北四五月的水稻田。

好像热情不可能总是持续成熔岩喷发的状态，慢慢就慢下来，就懒下来。"扬子文苑"那个投稿论坛后来渐渐就不大去了，不止我，其他文友也渐渐懒于跟帖谈论文章了。博客开始兴起来，之后又有微博，万象更新，大家都埋头打理自己的一亩三分地，上论坛的人越来越懒了。

还好，还有个作者群。偶尔有什么，大家会在群里聊几句。多半时候，群里也是冷清的。好像所有写稿的旧友们不在写稿，便在闭关打坐。

得知苏苏去世，也是在群里。

凛然一惊，惊了又惊。苏苏是得肺癌走的。那么年轻的苏苏，像棵白杨树一样挺拔又高挑的苏苏，怎么会得肺癌呢？她的孩子还小啊！她的文集还没出版啊！

那段时间，群里是长长短短的叹息，为苏苏。之后，相继有回忆悼念苏苏的文章，贴在论坛里，是否被下载皆不在意。只想着，要对苏苏说话，觉得苏苏还在文字里，还和我们在一起。

我没写悼念苏苏的文字。我读着他们写苏苏的文章，但我自己写不下去。我的心里像覆着一层霜草，不敢翻，一翻自己就觉得冷。

狐兔之悲。

是一种深深的狐兔之悲，震得我好长一段时间怕对键盘。同为女人，同为一个热爱文字的人，我和她，甚至我们一帮昔日的坛友，我们身上都有太多相同的东西。臭味相投啊！是工整地过日子，过烟火日子，又迷恋在烟火之间，有些不同寻常的清逸与悠然。

后来，在群里，看见苏苏的 QQ 还亮着，那是苏苏的爱人在登录。苏苏的爱人在咨询群里的文友们，关于出书的事。他在筹备给苏苏自费出集子，虽然苏苏已经走了一年。我的眼泪掉下来了。

我转身问身后的家人："如果有一天，我像苏苏一样，忽然走了，你会不会像苏苏的爱人，也来收集我的文字，整理出版？"

问的时候，泪水又下来了。我知道，生命有多薄，有多脆弱。

忽然就想起关于一个论坛的如许之多的点滴，是因为新近，昔日的坛友又建了一个群，叫"转角咖啡馆"。拉进去的人啊，一帮旧人，当年"扬子文苑"的老主顾。503 啊，风中立人，马浩，更深的蓝……群主叫一碗月亮。那年的"五一"，那个下午，穿过梧桐荫的咖啡宴，她没参加。她在家，生孩子，错过，众人都以为是憾事。可是一想到有个小月亮生出来，众人又大笑。这个叫"转角咖啡馆"的群，加上群主才 10 个人。真是个小圈子。可是，真好！

朋友说她在英国常常去逛咖啡馆，可是在下午，喝咖啡的人大多是老者。那些老者，吃过午饭，然后戴上帽子出门，沿着一条长长的街道走下

去，走到尽头。常常，在深巷，在街角，会有一间古朴的咖啡馆。老人们走进去，三三两两围一桌，喝咖啡，聊天，不时爆出笑声。黄昏的阳光斜斜穿过玻璃门，在地上印出一片融融的白光，老人们于是再次戴上帽子，起身回家。

一定是一帮老友了。来喝咖啡，都不需要事先约定。

我希望这个世界多些转角咖啡馆，在我老的时候，可以随意走进去，热热地喝杯咖啡，跟认识的和不认识的，都可以平平常常地聊天。

我希望，在喧嚷的尘世间，多一些转角咖啡馆这样的小圈子，来接纳匆忙的脚步。

说追随文学，毋宁说，我欢喜有这样的一些时光：可以在这里握手言欢，也可以在这里黯然神伤。

载于《文苑》

每个人都是匆忙的，从一个地方，奔赴另一个地方，没有休息和停留。可是这种状态真的就充实吗？其实不尽然。

一个男细菌

文 / 许冬林

朋友之义，难在义字千变万化。

——三毛

正处草莽青春期的中学时代，十几岁，最喜欢妖精作怪，坚决不和男生同桌。

刚上初一，还不知道世上有精子这物种，可是就是不接受与男生小夫妻似的同桌，同写，同读。

好像同坐一条长凳共孵一张桌子，男人的气息会像感冒的细菌和病毒一样，在空气里就近传播，把我们女生传染得生出小孩儿。

这样，搜索记忆，与男生做同桌的时代，大约就是懵懂毫不开化的小学低年级。

即便是文明还没诞生的那样古老年代，那几个同桌，相处起来，还总是疙疙瘩瘩。

男生和女生同桌，永远是秀才遇到兵。

我的第一个男同桌，是个矮子，说话又结巴。老师把我分配给他的时候，我拖着沉重的书包，坐在桌子的另一头，心上一片凋零。好像一朝同桌，我便是终身为妻。

那时胆小，只在心里一味委屈，不敢和老师对抗这样强大的命运，也不敢回家和大人说。

设若貌相不佳，有些歪才也可，可是他都没有。

每次下课，我就匆忙逃离座位，找女同学跳绳。

我多么希望，我的男同桌，他是一个高高瘦瘦的男孩儿，有好聪明的脑袋瓜子。他数学题全都会做，考试总是第一，发卷子时候全班同学目光集中扫射我们的桌子。

他还要很幽默，说话动辄把女生逗笑。

他还力气大，有担当，桌子板凳坏了，他来修。开全校大会，他早早一人把板凳扛到大操场上……

他最好还有许多连环画，可以天天借给我看。

我想要这样的一个同桌。多年后，慌忙结婚，成为怨妇，后悔不迭，猛想起当年制定的同桌标准，觉得这尺寸也多么适合找老公。

是啊，老公也要像同桌这样，让我觉得有面子，也有里子。

事实是，我的这个同桌，无才也无貌。

夏天午睡，要在学校集体午睡。我睡不着，一翻身扭头，看见他睡得呀，九曲黄河一般。口水从嘴角流到手背，从手背流到桌子，一路蜿蜒地淌……整个地球都被他淹了。

因为总是战战兢兢地保持远距离，我的小屁股只沾到了长凳小小的一角，这是很危险的。

有一回，打了上课铃，都坐好了，他忽然站起来。他一站起，长凳的那一头就马儿扬蹄嘶鸣一般，把我掀翻在地。

羞得我呀，脸立刻成了红太阳，全班的向日葵小脸蛋都齐齐转向了我，哄堂大笑。

同桌呢，就傻不愣登地站在桌子边，手足无措。

你站起来时怎么不打声招呼啊？我哭了。老师进了教室，到我跟前扶起了我，我趴在桌子上还是哭。不是为着疼，是憋屈啊。

哭自己的命呀。怎么就没嫁个如意的同桌！

好盼望放寒假，寒假来了，我和他的同桌生涯就咔地结束。下学期，谢天谢地，我终于不是他的同桌了。

下课碰见他，彼此也不作声。从他躲躲让让的眼神里，我猜测，他大约是自卑。长得不高，成绩也不好，还老容易淌口水。而我和他同桌时，成绩比他要好得多，但不曾慷慨地让他抄过一次。

后来，我们升入高年级，连我弟也上一年级了。

那年夏天，发洪水，我们放学都要经过学校后面一处淌水的地方。那里平时是一条小路，汛期时从路中间挖出一个缺口来淌水。过这个缺口时，我们都像助跑跳远一般，纵身跃过去，可是书包在后面打屁股，很影响技术发挥。

那天放学，我看见我们早已不是同桌的那个旧年同桌，他站在缺口那边，叫我弟把书包先解下来扔给他。我弟就扔炸药包一般，哐地砸过去，他身子一仰，抱怀一接。

接住后，他把书包转给别人，蹲马步一般，双腿横跨缺口两侧，将我弟抱着用力甩过对岸去。然后后腿一蹬，自己也过去了。

他还没走，站在对岸看我。他看出我的犹疑胆怯，又说："许冬林，把书包先扔过来！"

彼时，他个子已经长高。我之后想想，洪水滔滔，他能于危难之时伸手搭救我弟，还接我们的书包，完全是看在我们同桌一场。

这样想，就觉得抱歉起来，我从前不该那样无视他。

多年后，男女同学纷纷择枝而栖，娶妻嫁人。但关于这位平凡同桌，我一直不知他的近况。他高中毕业，想要哥哥支援他一笔钱，去做生意，

但是他哥哥没有借给他。他一气之下，离家出走，再没有回来。

我不知道，他有没有恋爱过。有没有把爱像细菌和病毒一样，芬芳地传染给一个姑娘。

载于《青年文摘》

我们曾经那么无知，从而毫无理由地排斥了一些人。那些被排斥的人，恐怕特别希望可以接近我们吧。

花开两朵，未必天各一方

文/林轩

> 友谊之光像磷火，当四周漆黑之际最为显露。
>
> ——克伦威尔

一

我是知道许丽丽的，而且我知道，她也知道我。

我们是高一的新生中风头正劲的两个女生。因为第一次的期中考试，我们俩并列排名年级第一。许丽丽在一班，我在四班，同一个楼层，中间隔了两个教室。

彼时，我们都是各自班主任的宠儿，也是同一位数学老师和英语老师的宠儿。在四班的课堂上，我时常能从他们的口中听到许丽丽的名字，而在一班，相熟的同学告诉我，也曾多次听到我的名字。可是我和许丽丽，却一直谁都不认识谁。

优秀的女孩子总是骄傲的。其实有很多次，我与许丽丽有相见的机会。比如在食堂，在操场。只是每每听到身边的人在耳边说"看，许丽丽"的时候，我总是高傲得别过身去。我想，她亦如此。

我们表面漠不关心，其实暗地里一直在较劲。每个月的月考，倘若她的英语是第一名，那么我的数学分数一定高过她。我们相互在第一名与第

二名之间徘徊，分数的相差永远不会超过 5 分。

可过程是，我必须牺牲所有的休息时间用来努力，再努力地学习。

其实，我很累，我不知道她是不是也这样。

二

黄雅婷说，许丽丽很漂亮。

我看着镜子里自己那张不算惊艳但足够清雅的脸庞，悄悄地撇了撇嘴。

可是当我第一眼看到许丽丽，才终于明白黄雅婷所言不虚。

那是分班后的第一个下午，我抱着重重的书包从四班走到二班，而她在我刚刚坐下来的时候亦背着大大的书包走了进来。

黄雅婷悄悄地在我耳边说："那就是许丽丽。"

我从一堆杂乱的书本中抬起头，那是一个有着清瘦脸庞的姑娘，细细的眉眼仿若从红楼梦中走出来的女子，既古典又文艺。那一刻，我听到嫉妒的声音在心里响起。

她坐下来，与同桌耳语几句之后，眼神亦向我飘来。四目相对时，我知道我们棋逢对手。

上课了，班主任笑眯眯的眼神在我和她之间徘徊。仿若我们两个是上天对他的恩赐。许丽丽坐在二排中间靠南一点，我坐在三排中间靠北一点。中间隔着三个人，一前一后的距离。可是我们依然陌生，高傲却又暗暗地较劲。

在青春这一场盛典中，我们谁也不想输给谁。

三

其实，我和许丽丽很像。我想如果我们不是以这样的方式相遇，一定会成为很好的朋友。

黄雅婷说，我和许丽丽就像是一朵双生花，能够从对方的身上看到自己的影子。一样从骨子里透出的骄傲，不同风格却一样漂亮的脸庞，而且都很聪明。但是我知道，还是有不一样的地方，比如她虽然高傲，但性格开朗，有着极好的人缘，我却沉默内敛，从不愿意让别人走进我的心里。

从高一的遥遥相望到现在的近在咫尺，我们的距离看似在一步步地走近，实则仍旧在原地踏步。也许因为两个人都不知道该如何为我们两人的交往设置一个良好的开端，而且那份骄傲也促使我们谁也不愿意主动。

高二下半学期，市里要举办奥林匹克数学竞赛，可是分到一中的名额只有一个。

这场竞赛，是我盼望已久的。因为只要参赛就能为以后保送重点大学加分。这对于我们两个人来说，都是一个极好的机会。那段时间，我时常看到班主任看着我们俩皱眉，在各科成绩几乎不分伯仲的我和许丽丽之间纠结。

后来，我几乎将所有的课余时间扑在了数学上，可是仍旧感觉到老师的态度在向许丽丽偏移。我如同热锅上的蚂蚁，却左右不了事态的发展。

四

一天中午，我如往常一样自传达室前走过时被一个男生叫住。我疑惑地转过身，看到一个面容清秀的男孩儿站在我的前面。"不好意思，请问，你知道许丽丽在哪个班吗？"

"是高二的许丽丽吗？"我说。

"是的，你认识她吗？"

我点点头："我们是一个班的，你找她有事吗？"

"真的吗？那太好了，我有个东西要转交给她，能麻烦你带我去找她吗？"

我看了看他手里的包裹，再次点了点头。

回教室的路上，我好奇地打量着这个男生，心里揣测着他和许丽丽的关系。许是禁不住我的打量，他忽然红了脸："呃，我和许丽丽只是初中同学。"

"噢，是吗？"我应了一声，不禁觉得好笑起来。这可真是个敏感的男生，竟然还特意向我解释这个问题。可就在那一刻，电光火石间，我看着眼前的男生，心忍不住怦怦乱跳起来。然后，一个大胆的计划在心里悄悄地成形了。

那天下午第一节课，是班主任的地理课。路上，我故意走得极慢，尽量拖延着时间。直到距离上课还有十分钟的时候，才磨磨蹭蹭地将男生领到教室外的走廊处。然后走到门口大声喊了一句："许丽丽，有人找。"

听到我的声音，正在看书的她诧异地抬起头。当看到外面等待的男生后，她慌慌张张地跑了出去。

随后的几分钟里，有好事的同学趴在窗口，看到了许丽丽与那个男生小声地讨论着什么，又看到男生在将包裹递给她之后又从兜里掏出一个粉红色的信封交给了她。而这一切，自然也没逃过习惯提前五分钟走出办公室的班主任的眼睛。

因为这件事，许丽丽早恋的传闻不胫而走。

尽管她一再解释是她的好朋友托另一位同学捎礼物给她，可她还是成了各位老师的座上宾。那段时间，开朗的许丽丽像变了一个人，一下子憔悴了很多，而且成绩也略有下滑。

结果可想而知，我成了最大的受益者。

可是当班主任宣布这个消息之后，我却没有感到一点点的高兴。这场并不光彩得来的机会，使我再没有勇气直视她的眼睛。其实在看到其他同学小声议论她的时候，愧疚与后悔已经不停地在我心里翻滚，可是我没有勇气站起来澄清这一切。

五

我走的那天，全班同学跟我告别。我以为许丽丽会伤心，可是当我走到她的面前，她却笑着真诚地祝福我。我看着她的一脸明媚，越发觉得自惭形秽。

那场竞赛，我没有让学校失望，只是当我在考场上奋笔疾书的时候，脑子里闪现的一直是许丽丽的脸庞，被误解时憔悴的神情，以及送行时那张明媚的笑脸。我知道，我不可以再继续错下去了。

回来后的第一件事，我找到了许丽丽。晚自习后的操场上，我将手中的获奖证书放到了她的手上，发自内心地对她说："对不起。"

聪明的许丽丽已不需要我再解释什么，她笑了笑："其实我一直都知道。"

"那为什么一直没有揭发我？"

她将证书放回我的手中："因为我们是一朵双生花呀，不论是谁去，都是我们两个人的骄傲。"

我笑着拥抱她，眼角却溢满了泪水。许丽丽，谢谢你对我的宽容，保全了青春里我脆弱的尊严。

谁说花开两朵就一定要天各一方，我和许丽丽一定可以一直在一起。

载于《演讲与口才》

　　路过青春的沼泽，我们难免会相遇。其实有什么不好呢？互助互爱，共同进退。没有什么比友谊更可贵。

小憩驿站

文 / 小菁

　　卓越的人并不是能够改变物质的人，而是能够改变自己心境的人。

——爱默生

　　这里是厚重的古城西安。

　　7月的一个清晨，我们一行人走在宽敞平直的长安大街。街道两旁，一棵棵梧桐树安静矗立，又不甘寂寞地在我们头顶上张开枝枝杈杈，偶尔有阳光从罅隙穿透，斑驳地洒落一地。眼前的一切令我新奇，这是号称黄土高原的陕北吗？我看到的却是遮遮叠叠的江南绿荫。车辆和人穿梭其中，不经意间，一行大字迎面飞扬，"张学良纪念公馆"，仿佛在提醒我们：这里确确实实是深藏了中国两千年沧桑的十三朝古都。走几步，就可能撞上一处文物古迹；随便一挖，就可能是一堆秦砖汉瓦。我不由得起了敬畏之心，脚步也不觉放轻，唯恐惊醒了黄土之下安详冥睡的古人。

　　来吧，放心地踩吧，我是你可以栖息的大地。一个和悦的声音在耳边悄悄地响起，循声而至，到了世界园艺博览会的园区，隔着水天一色、岸汀逶迤的广运潭看过去，园区里那些画阁飞甍、亭台廊桥是那样的空远，一片淡淡的雾霭和云翳弥漫在翠绿湖水的上方，湖畔，长安塔、创意馆和关中园就像是隔着轻纱的仙景圣地。天渐渐地明了，五彩终南、丝路花雨、海外大观、灞上彩虹，如一幅幅山水长轴依次展现，我却在长安花谷久久徜徉，芍药、玫瑰、石榴、牡丹满目绽放，晴阳下无忧无虑不悲不喜的花儿们呀，你们也知道我是来自南国的远客吗？你们是在欢迎我吗？我分明看到，每当我走过，无风时，那些小生灵们就在我的身后轻轻摇曳；有风时，它们就在我跟前热烈地跳跃，莫非这些美好的生灵也能体悟到来自远方的我对它们的缱绻和留恋？淡紫色的薰衣草、黄澄澄的金光菊、红彤彤的石榴……连亘成一大片，古都长安就成了花的绵绵细细起起伏伏的地毯，那种"绿"意呀，直叫人想把自己丢到上面去惬意地歇一歇躺一躺。记得同样是风景极佳的地方，阿尔卑斯山谷中一道峡谷崖壁上写着一条标语："慢慢走，欣赏啊！"莫非这里就是我寻找已久的小憩驿站？

傍晚，华灯初上。鼓楼钟声悠长。我们这一群来自天南地北的熟悉的"陌生"人，因为共同喜爱的语文编辑工作聚在一起，再一次相约酒栈。从2005年的苏杭到之后的湘西、齐鲁，2009年的北京，一站站走到如今，每年的7月，我们都结伴成群，独于2010年未能成行。曾经感念7月带来的如花美景，曾经祈祷未知7月的如期来临，转眼又到了2011年的7月良辰，大伙儿齐齐放下手里的活计，从四面八方奔赴此地，此刻，像一大家子般说说笑笑陆续入座。

我默默地看着眼前晃动的这一张张熟悉生动的脸孔，没有痕迹，悄无声息，仿佛两年的光阴从来不曾在我们中间流过，戚仍是那么慵懒地靠着，易仍是那么爽朗地笑着，柳仍是那么悉心地忙着，程仍是那么沉稳，唐仍是那么风趣，黄仍是那么洒脱……可是，无数次记忆中红那穿梭的轻快的身影，在哪儿呢？我看不到，也听不到她一家人和融的笑音，想起2009年去北京先后两次留住她家的情形，不由得心下怅惘，悄悄摁响了短信。却见席间渐渐静了，来自江城武汉的个子最高的柳第一个站起，擎着酒杯说话："今年，有的编辑有事来不了，有的编辑是第一次来，不管是谁，我相信，只要参加过我们的聚会，一定都会对我们的网站忘不了，离不了。"一向严谨的他有些动情，"平日，我受站长之托查究各位审核过错，

有不到之处，请见谅！一切为了育星，为了我们共同的家庭！我敬大家一杯！"一席话让大家纷纷动容，灯光下，人未醉脸已微微泛红，"是咧，我们就是一个团队嘛！干！"四川男儿唐爽快地应答。西北汉子程不多说，端起酒杯一饮而尽，"一口闷，先干为敬，呵呵！"想起前年两人醉后手舞足蹈你一句我一句对唱青海花儿的趣景，大家不由得聒噪："唐，再来一个！"……空气中弥漫着戏谑的亲近，一种浓浓的喜悦笼住了所有的人群，唯有戚稍稍直起了身子，却还未醒，似乎还沉溺在遥远的梦境，是想起了和易白手建站的艰辛？是惦记着网站未知的前景？是感念大家不离不弃的情谊？他的眼神渐渐清亮坚定。"有这么一群人，因一个网站而聚在一起，以自己的方式助推着中文并实践着自己的人生价值，也许，我们永远都不会出名，但我们喜欢——沉默却不平凡！"这是戚说过的一句，此刻蓦地浮上心头，如此清晰。周围却已是觥筹交错，欢声笑语。

在一起的那些光阴，竟如同金子般珍贵。这一路，执着前行，却也不忘流连风景，栖栖停停，喂饱了眼睛，也轻盈了心灵。也许，人在长途中跋涉，偶尔会有疲惫，为了行走得更远，需要驻足停留。也许，休憩不是身体的需要，恰是灵魂的需求。国外不也有谚语"休息一下，让灵魂跟上来"吗？念于此，倏然忘记了自己只是这个古都的一个过客，却愿意将自己的心灵搁置在这里，听风，看雨，细数那千年过往中的点点滴滴。

天明，见有几片梧桐叶飘落在地，我弯腰轻轻拾起。

载于《思维与智慧》

很多人走得太急了，就忘了当初为什么出发了。停留驻足，让灵魂跟上来，让希冀充满幸福感，其实没必要这么奔波。

每个人都有不可复制的往事发生

文 / 安一朗

逝者如烟，往事无从追寻。

——席绢

一

苏庭苇刚转学来时，班上的同学就在背后嘀咕，说她一个农民工的孩子还穿得那么朋克，还有的说她长相还行，就是气质太低俗。苏庭苇我行我素，充耳不闻。她一点都没有初来乍到的陌生感，从进教室起，脸上就挂着不屑的表情。

前桌的男生很八卦。在苏庭苇来的第二天早上，他就转过身对我说："哑妹，你和那个乡下人同桌，以后有罪受了。""你才哑呢？"我白了他一眼，很反感别人叫我"哑妹"，也很反感他在背后说别人的坏话，搬弄是非。

没想到在那当会儿，苏庭苇进教室了。她不屑地撇撇嘴，然后大摇大摆越过人群如芒的目光，"叭"的一声，远远就把手里提着的书包扔到桌子上。我吓了一跳，恼怒地抬起头想嚷两句时，却迎来她目不转睛的对视，我顿时哑了。她的气势如虹，完全把我镇住了，同时也把其他同学镇住了。

她无所谓地走过来，拍拍我的肩："借过。"然后没等我起身，硬是挤

进她靠墙的位置。我呆若木鸡，思维有片刻的停滞。这女生真奇怪，比男生还大大咧咧。她穿牛仔服，板鞋，头发却是精心地扎成很多小辫子。

我捧着语文书，目光却偷偷打量她，心里有些忐忑。这女生不会很难相处吧？我知道自己比较懦弱，遇事总是一忍再忍，但我知道很多时候忍根本解决不了问题，就像初中时的同桌岳长征，他一直纠缠我，给我递纸条，发短信，跟踪我回家，我再三求他不要打扰，他却威胁我。我想过要告诉老师，但又害怕他被处分。毕竟是同桌，我不想把关系搞得太僵，可后来对他稍好一些时，他却开始造谣，说我在追他，甚至还把他用手机偷拍我的照片PS后贴在了学校的宣传栏里，事情闹得沸沸扬扬，我百口莫辩，成了学校最大的笑话，成绩也一落千丈……

"看什么看？眼睛都呆了。"在我陷入回忆时，苏庭苇突然瞪着我问。

我急急收回目光，盯着书，却一个字也没有看进去。

二

在这所普通高中，我很孤单。我感觉自己和身边的同学总是格格不入，可能是因为经历了初中时的事情吧，我害怕与人多说话，更反感主动搭话的男生，真有种"一朝被蛇咬，十年怕井绳"的阴影。

班上的同学很活跃，他们整天呼朋唤友，追逐打闹，一群人聚在一起叽叽喳喳。我一点都不羡慕别人的热闹，沉浸在书山题海中独自快乐。身边没有了讨厌的岳长征，我感觉整个人都重新"活"过来了。只是这里的学风很差，大家都是重点高中选剩的，学习上没什么竞争对手。我努力学习，却被其他同学认为"假正经"，他们常在背后嘲笑我。

苏庭苇的到来，又让我惊恐不已。看她不屑的样子，我感觉她一定不好相处。每一天我都小心翼翼如履薄冰，怕不小心招惹了她。还好，几天过去，苏庭苇虽然还是一副不屑的表情，但她没打扰我，也没有找我麻烦。

我还发现苏庭苇和班上的其他同学不一样，她上课很认真。虽然她总是我行我素，走路时头扬得高高的，从不主动与人说话，但一上课，她的整个神情就变了。她的思维很敏捷，老师一提问，她就举手了，而且每次都回答正确。特别是有一次，数学老师出了一道奥数题，我还完全没有思路时，她却又举手了，而且解题思路很新颖。我打心里佩服她，却没有勇气主动对她示好。虽然是同桌，但我们很陌生，一直没正经交谈过。

苏庭苇到来后的第一次各科小测，我们俩的总成绩居然一样，并列第一名。有同学嘀咕，说我们互相抄袭。我很委屈，明摆着的事情，他们也要瞎说。我知道这次考试，如果我不是英语满分的话，我肯定考不过她。除了英语，她其他科目的分数都比我高。

遇见一个强悍的对手，激起了我的好胜心，我决定好好与她较量一番。班主任像是捡了一个宝，对她赞不绝口，当然也一起表扬了我。那些平时爱抄作业的同学开始与她拉近关系，但她眼睛一瞟，转身走人，根本不搭理别人的热情。我也反感别人抄作业，早把班上的同学得罪了，只是我成绩好，为人低调，他们除了叫我"哑妹"外，倒也没有为难我。

我感觉得到对于和苏庭苇并列第一，她是吃惊的，她肯定没想到，平时闷声不响的我居然会是她最强劲的对手。和她在课堂上积极回答问题形成鲜明对比的是，我从来不主动举手。我读懂了她眼神中流露出来的信息，在她邀我放学一起回家时，我接受了。

我们的友谊建立在互相欣赏上。她说我和其他城里人不同，说她反感聒噪的人，喜欢我安静的样子。我没想到她会这样说，脸微微烫了起来，只是她的真诚我能感知。我也很喜欢她那副无所谓的心态，喜欢和讨厌都表现得那么坦然。

三

和苏庭苇熟悉后，我感觉到她并不是表面上看起来的那样，她其实是个有些忧伤的女生，只是她把这一切用她的伪装掩盖了，她不想让别人看

见她的脆弱。

和所有女生一样，苏庭苇也爱美，但家里经济拮据，她不可能去买那些漂亮的公主裙，唯有牛仔服耐穿，而且好搭配。她一直跟着在城里打工的父母东奔西走，去过几个城市，转过五次学，身边从来没有什么要好的朋友，以前的同学根本没联系，她总是转学，熟悉一群人后又要离开，然后再融入。小时候，因为是外来农民工孩子，她常被城里的同学欺负，后来长大了，她学会了用漠然和排斥的方式面对身边的城里人，以为这样就可以保护自己。

她对城里的学生有一种天然的抗拒。我知道这和她一路走来在城里遭到的白眼和冷漠有关。只是我没想到，她居然接受了我这个城里的孩子。

"我听过班上的同学讲你以前的事，知道你是个善良的人。同桌一段时间来，我也感觉得到你和其他城里学生不一样……"苏庭苇平静地说。

听她说到我以前的经历，我沉默了，脸却涨得绯红。

"不能太软弱。只有让自己变得强大，才可能得到尊重。"苏庭苇继续说。

她一直很努力学习，成绩很好，但每一次转学，父母都要费尽周折，到处求人。如果可以安定下来，她父母也不愿意她这样一次次转学，但做建筑工人，哪儿有工程就得跟着工程队一起走。苏庭苇说，乡下人没什么本钱，想单枪匹马在城市里打拼太难了，可能连个工作都找不到。她的父母没什么文化，除了建筑工，别的也干不了。看着父母每天那么辛苦，却挣不到什么钱，她就在心里告诉自己，一定要好好学习，只有考上大学，才会出人头地，才能分担父母的艰辛……

苏庭苇还告诉我，她的父亲年轻时特别喜欢唱《冬季到台北来看雨》的孟庭苇，20年过去了，父亲满脸沧桑，孟庭苇却依旧不老。因为父亲的喜欢，在她出生时，她也叫"庭苇"。苏庭苇学会了所有孟庭苇的歌，在父亲忙了一天回来时，她会轻声为他唱上一首，她知道那一刻，父亲是开心的，很满足。

"每个人都有不可复制的往事，你是，我是，父母也是，我们都将背负着自己的梦想努力前行……"苏庭苇讲到后面时，声音渐渐哽咽。

我明白苏庭苇的忧伤，就像当初我被众人嘲笑时，那种彻骨的心痛。

我们约定好，做最强劲的对手，亦是最好的朋友。我相信一定可以的，因为我们都有一段不可复制的往事，我们需要真正的友谊，我们懂得珍惜，我们有相同的梦想。

最重要的是，我们读懂了彼此间的真诚，惺惺相惜。

载于《少年月刊·初》

往事随风，那些曾经不愉快的东西，就让它搁浅在我们的记忆深处吧，珍惜美好的友谊才是最重要的。

像葵花一样漂亮

文 / 王举芳

朋友是你送给自己的一份礼物。

——史蒂文森

一

早晨，刚进初二（3）班的教室，梅昕就对着才转学来三天的新同桌赵葵花大嚷："我不要和你同桌，你滚开！"说着把赵葵花的书本"哗啦"一下推到了地上。

赵葵花默默拾起地上的书本，眼里有泪光闪动。班长方舟走过来说："梅昕，你太过分了，老师安排赵葵花和你同桌有啥不对？你问问班里还有谁愿意和你同桌啊？你是不是想自己一位啊？"

"反正我不和赵葵花同桌！"梅昕语气很强硬。

"那你说说为什么？"方舟盯着梅昕的眼睛。

"她大概半年没洗澡了，身上有味儿，不信你闻闻！"梅昕把赵葵花拉到班长面前。

"好了，不要再无理取闹了，赵葵花，坐回到座位上去，梅昕，你要是不想被班主任批评，就不要再闹了，好了，开始早读吧。"方舟和同学们各自向自己的位子走去。

赵葵花有点怯怯地看着梅昕，梅昕没好气地把凳子弄得东倒西歪，但没再说什么，赵葵花扶好凳子，把书本放到课桌上，轻轻地翻开课本，小声地念起来。

二

赵葵花家在乡下，那里绵延着望不到边的葵花田。每个周末或是假期，她喜欢跟着妈妈去看葵花田。特别是葵花开花的时候，她站在葵花跟前，不停地问妈妈："两朵葵花，哪朵漂亮？"妈妈总是说："你是最可爱、最漂亮的那朵葵花，是妈妈心上的那一朵。"她就搂住妈妈，给妈妈一个甜甜的吻。

后来爸妈都去城里打工了，她寄居在外婆家。过年的时候，爸爸对她说："葵花，你有什么梦想？""我想去城里上学，电视上演的城里的学校好漂亮，爸爸，我能去城里上学吗？""能，现在农民工的孩子能跟随父母到城里，并可以在那里上学的。过了年跟爸去城里上学，好不好？"葵花使劲点点头。

就这样，葵花转学到了城里。

第二节课是语文课，老师让葵花起来背诵课文，葵花操着一口乡音，一字一句地背，梅昕突然哈哈大笑起来。老师说："梅昕，到教室后面站着去！"

"老师，你听，她的普通话说得多么不普通啊。"梅昕一边笑着一边走到教室后面的墙角"思过"。

下课后，梅昕一双怒目瞪着葵花："行啊，才来三天，就害我被老师罚站，有你的，你等着瞧吧，我一定要你好看！"

三

梅昕的来头可不一般，她的家境富裕，从小享受的都是公主待遇，就到现在，每天上下学，都是她家的司机接送，性格乖张霸道，常和同学起

冲突，很多同学都看不惯她傲气的样子，所以不愿意和她做朋友，她似一只自以为是的天鹅，渐渐被同学孤立。

那天，是体育课。体育老师让同学们练习篮球，说篮球是中考的必考项目，必须好好练习。

轮到赵葵花了，篮球与她完全是陌生的。她按照老师教的方法，想把篮球握在手里，然后抛向地面，可是篮球似乎不喜欢她，任她怎样握都握不住，同学们发出阵阵嬉笑，看着葵花满是汗水的脸羞得通红，老师让她业余时间多练习，结束了她的尴尬。

赵葵花在教室外的过道里练习篮球，梅昕走过来，一把抢过篮球，说："来，我教你！接着！"说着，手中的篮球已飞快地砸向赵葵花。赵葵花躲闪不及，被篮球砸到，瞬时，脑门上鼓起一个包块。

走进教室，同学都问赵葵花额头怎么回事，赵葵花笑笑说："没事，练习篮球，不小心砸自己头上了，笨人真是没办法治。"同学们也都跟着笑了，这回，梅昕没有笑。

四

那一天课间，梅昕忽然感觉肚子疼，她坐在座位上来回变换着姿势，有几个同学看见了，走过来问她："梅昕，怎么了？"

"肚子疼。"

"是不是受凉了？"

"可能，我也不知道。"

"喝点热水吧，喝点热水会好些。"梅昕拿起杯子看了看，只有一点点水了，她放下杯子，趴在课桌上，轻轻呻吟着。

"梅昕，喝点热水吧，我的杯子我反复用开水烫了好几次，不脏的。"是赵葵花。梅昕看着气喘吁吁的赵葵花，伸手接过了她递过来的杯子。

同学们懒于去接水，就是因为他们的教室离锅炉房最远。赵葵花看着梅昕喝了几口水，转身又跑出了教室。一会儿回来，对梅昕说："我跟老师替你请假了，走，我扶你去医务室看看，你能走吗？"梅昕站起来，手搭在赵葵花的肩膀上，两人走出了教室。

走到楼梯口，赵葵花对梅昕说："我背你走吧，你走得太慢了，有病可不能耽误，现在上课了，没人看见，快上来，别看我笨，我有的是力气。"

梅昕苦着脸笑了，但这次是发自内心的笑。

五

梅昕对赵葵花说："放学后咱们一起去书店吧，你不是不知道书店在哪儿吗？你这个笨蛋，城里车多人多路多，我真怕你会走丢。"

赵葵花笑了，轻快地跟在梅昕身后，向书店走去。

梅昕说："我那样欺负你，你不恨我吗？"

"咱是同学，又不是敌人，我为什么要恨你呢？"赵葵花用手抚摸着刘海，"我妈妈对我说过，人和人的相遇是件很美好的事情，世界上有那么多人，碰在一起是多么幸运的事。妈妈还说，我们每个人都要学做一株向日葵，坦然面对风雨，微笑迎接阳光，结出丰足的果实，像向日葵一样的人，是最漂亮的。"

梅昕握住赵葵花的手，说："葵花，谢谢你的宽容。这样吧，以后你监督我，我要是再犯公主脾气，你就狠狠地踢我一脚，我绝不生气，我要是生气，你就再踢一脚……"两个人都笑起来。

"葵花，下个月我参加市里的绘画比赛，你能带我去看看你们老家的葵花田吗？"梅昕说。

"嗯，这个季节，葵花应该开花了。"

六

梅昕跟着赵葵花来到了乡下，葵花田里的葵花开得正好，一朵一朵，

轮子似的花朵。黄色的花瓣围成一个花盘，花盘中间是密密麻麻的金灿灿的花蕊。

每天清晨，葵花张开笑脸，迎接冉冉升起的太阳；中午，太阳当空，葵花向着太阳扬起金色的脸庞；傍晚，太阳徐徐落山了，向日葵又面向西方，恋恋不舍地和太阳告别。啊！多美的葵花呀！金色的阳光照进它的心里了。

"向日葵没有低头的时候吗？"梅昕问。

"有啊，在成熟的时候，它就会谦虚地、悄悄地低下头去。"葵花说。

梅昕若有所思。

梅昕的画在市里的比赛中得了奖，老师和同学都替她高兴，她的公主脾气也改掉了很多，她说因为她的身边有一朵葵花，给了她心灵阳光的指引。

她把那幅得奖的画送给了赵葵花，画的是赵葵花站在葵花旁，一脸阳光，背后是一朵朵迎风舒展的葵花，似在微笑。

画的左边有一行字："像葵花一样漂亮！抬头，一脸阳光；低头，一身赤诚。"

载于《学生天地》

我想，我们之所以成为今天的自己，往往是因为遇到了一些人，是这些人让我们变得更加美好的。

第三辑

再一次地怀念你

我笑而不语。因为我早就知道，无论发生什么，夏雪都会一直与我在一起。我想不出，还有什么美好能比得上一个铁杆闺蜜的美好，不论冷暖，不论阴晴，她都一如既往地在我身边站着，敏锐，清醒，爱，并且温暖。

Zui Meiwen

来自星星的同桌

文/雪原

　　孤独是人的宿命，爱和友谊不能把它根除，但可以将它抚慰。

——周国平

一

　　地点：初二（10）班。

　　时间：第二节课大课间。

　　人物：林苏和她的新同桌王小乐。

　　"王小乐，你装什么帅？耍什么酷？你以为你保持沉默就可以成为隐形人了啊。"林苏用不屑的眼神瞥了王小乐一眼，王小乐依旧不说话，眼睛望着窗外，发呆。

　　"班长，我要求换同桌，我真受不了了，和一个不说话的人做同桌，这不是故意让我这个话匣子难受吗？受不了了，我的小宇宙要爆发了！啊……"林苏双手抱头，疯狂地摇摆着，一副抓狂状。

　　"林苏，你们俩同桌挺合适的，一吵一静，互补。"前排的戴晓杰回过头来，一脸的幸灾乐祸。她是王小乐的前同桌，曾经也被王小乐的沉默闹得抓耳挠腮。

　　"你！"林苏抓起一本书，扔向戴晓杰，戴晓杰正欲还击，上课的铃声响了。班主任拿着一叠试卷走进了教室，念完成绩，班主任点了王小乐的名字，王小乐站起来，低着头，像一株失水的植物，蔫耷着脑袋。

"王小乐，这次测试你是倒数第二名，什么原因啊？你可一直是中上游的学生啊，说说，什么原因？"班主任一连问了几次后，王小乐声音低低地说："学不进去。"之后，他便再也不说话，头低得更低了。

"王小乐，你可得搞好你的学习啊，你奶奶和你父亲对你期望很大，你要懂得他们的一片苦心啊，好了，你坐下吧，同学们，现在开始学习新课文，打开课本第 60 页……"

林苏望着王小乐，阳光正好照在他的脸上，林苏真切地看到王小乐的眼睛里，有亮晶晶的东西在闪。

二

学校组织郊游，是郊区的一座小山，爬到半山腰，有一段路紧贴在石壁上，特别陡峭，窄窄的，同学们只好顺序排开。林苏小心翼翼地行走着，望着脚下深深的悬崖，一颗心扑扑地跳，她感觉一阵眩晕，眼前一黑，几乎摔倒。

"王小乐，你扶一下林苏，她恐高。"戴晓杰喊走在林苏身后的王小乐。王小乐面无表情，像没听见戴晓杰的话一样，跟在林苏身后，林苏慢，他慢，林苏蹲下，他杵在那里，眼睛望着深深的悬崖。走走停停，总算走出了那段陡峭的山路。

"王小乐，你扶我一下会死啊？"林苏一脸怒气望着王小乐。王小乐不言语，正巧此时老师让休息，王小乐独自默默爬到一个陡峭的石头上，坐在上面，一会儿望望天，一会儿望望深深的悬崖，面无表情。

戴晓杰和林苏找一块平整的石头坐下来，戴晓杰小声对林苏说："林苏，你知道王小乐家的事吗？"林苏摇摇头。

戴晓杰把嘴巴凑到林苏耳朵上，叽里咕噜说了一通，林苏的嘴巴越张越大，禁不住失声道："啊？这是真的吗？"戴晓杰做出一个"嘘"的动作，林苏伸了一下舌头，悄声问戴晓杰："这是真的吗？"戴晓杰使劲点点头："千

真万确的事，我绝不谎报军情。"

林苏和戴晓杰的目光一起望向王小乐，王小乐坐在石头上，静止得像座雕塑。

林苏在心底轻轻地问王小乐："王小乐，你真的是来自星星的孩子吗？"

三

"王小乐，你的信！"班主任举着一封信示意王小乐过去拿。王小乐神情一恍惚，迟疑了一下，向讲台走去。

下课后，林苏凑到王小乐跟前说："王小乐，真羡慕你，信息时代，能收到一封信，多么难得啊。"王小乐轻描淡写地看了林苏一眼，没说话，拿着那封信，向教室外走去。

林苏透过窗户张望着，戴晓杰也歪着脑袋看着，王小乐拆开了信封，拿出信展开，看完，折起，又展开看了一遍，然后慢慢地折起，装进信封里。

此后，几乎每个星期，王小乐都能收到一封信，他拆信的时候总是避开别人，没人知道信的内容是什么。那天，林苏发现王小乐居然笑了，说："王小乐，是谁给你写的信啊，瞧你心花怒放的样儿，情书啊？"王小乐使劲白了林苏一眼，牙缝里挤出两个字："无聊！"

王小乐脸上的笑容越来越多了，课间的时候开始主动和同学一起讨论问题或者嬉闹了，戴晓杰对林苏说："那些信里写的什么呢？信被仙女施了魔法吗？外星人王小乐居然变回地球人了。"

林苏望着王小乐，轻轻地说："是啊，信里有颗天使的心，王小乐一定读懂了。"

四

"林苏，我要感谢你，你说我该怎么谢你呢？"王小乐笑嘻嘻地望着林苏说。

"这是唱的哪出戏啊？"林苏一脸惊讶地望着王小乐。

"林苏，你不要装了，我知道，那些信都是你写的，我偷偷比对过笔迹了，虽然你刻意模仿另一种笔迹，但有些字还是一眼就能辨认出是你写的。我是真心谢谢你。"王小乐说得很认真、很庄重。

"得，我到底还是演砸了，我交代，一切都是我的错，我不该冒充你爸爸给你写信，但是看你整天不高兴的样子我很着急，着急找不到方法帮助你。后来我就想在信息高速发达的今天，捧一封亲人的信静静地阅读，该是多么温暖而幸福的事。开始我担心你不会接受，或者会把信撕掉，但我想即使那样也没关系，每个人都有柔软的部分，我有足够的耐心和时间让你来接受这份关怀，而且我相信这份关怀会慢慢融化你心里的坚冰。"林苏一脸的真诚。

原来，王小乐三岁时，母亲就离家出走了，一去再无消息。父亲常年在外打工。把他放在爷爷奶奶家，给他的只是物质上的满足。没有人与他沟通，了解他的内心世界，于是，他渐渐封闭了自己，一个人孤独在自己的世界里。

林苏给他的这份特殊的爱如同阳光雨露，让王小乐慢慢感受到了亲情和被关爱的滋养，并找到了自己的存在感。

"没有人是一座孤岛，即使你来自星星，我们也会让你感受到集体的力量和温暖。"同学们把手伸向王小乐。王小乐笑了，笑着笑着，笑出了满眼泪花。

载于《才智》

心里的阴霾和孤独，唯有爱可以化解。如果你曾见到这样的孩子，就请赐予他你无限的爱吧。

有风的雨才会飞

文 / 芳心

　　浪花愈大，凝立的磐石在沉默的持守里，快乐也愈大。

——冰心

一

　　清早，雨伴着风在天地间肆意挥洒，薇拉拉望着雨，稍稍停顿，撑起伞，走进了雨中。

　　是周末，薇拉拉去上绘画课。赶到文化官的时候，大部分同学已经到了，陆续还有同学冒雨而来，上课时间到了，薇拉拉望着自己旁边空空的座位，心里说："这李昊，娇气病又犯了！"

　　薇拉拉和李昊是同学，同在初二（5）班。

　　李昊是家中的"掌中宝"，比大熊猫都金贵，6个大人争着宠他、爱他，那待遇，真是"捧在手里怕碰了、含在嘴里怕化了"。平日里上学，一遇到天气不好，一准儿在教室里看不到他的身影。

　　这样的"娇娃娃"，能长成男子汉吗？薇拉拉轻轻地摇摇头。

　　是素描课，老师让薇拉拉告诉李昊，即使不来上课，也要在家练习，并让薇拉拉把课堂笔记和作业带给他。

放学的时候雨还没有停，薇拉拉撑着伞，先来到李昊家的楼下，按响门铃："喂，李昊在家吗？"

"在家，你是谁啊？"一听就是李昊的奶奶。

"奶奶，我是李昊的同学薇拉拉，老师让我给李昊带了课堂笔记。"门开了，薇拉拉收起雨伞，向楼上走去。

二

幸福的李昊正坐在电视前看《快乐大本营》。见到薇拉拉，有些不好意思。薇拉拉悄悄地说："李昊，你想摆脱家人的'围观'吗？"李昊说："当然，上学关在教室里，不上学被关在'笼子'里，我早就不想过这种'痛苦的幸福生活'了。"

薇拉拉把嘴巴凑到李昊耳朵边，一阵窃窃私语，李昊笑了，薇拉拉也笑了。

爷爷没有接到李昊！李昊失踪了！这消息像一颗重型炸弹，把李昊的爷爷奶奶、外公外婆、爸爸妈妈炸得惊慌失措，乱作一团。

正当一家人情绪稳定下来想要报警的时候，李昊妈妈的手机收到一条短信，是个陌生号码，信息是这样的："爸爸妈妈、爷爷奶奶、外公外婆，你们不要着急，我现在很安全，不用担心我，等我回来的时候，我就不是一只关在笼里的鸟了，而是一只自由翱翔的鹰！等我回来！"

李昊妈妈按照发信息的手机号拨过去，提示已经关机。家人仔细斟酌着那条短信，确定李昊是安全的，便都宽了心，各自散去。

三

小镇的某个敬老院，李昊用力地在压水，薇拉拉在一旁洗衣服，她看着满头是汗的李昊，问："累吗？"

"不累，流汗真痛快！"看得出李昊很开心。

"明天我带你去乡下。"

"好啊，我从来没去过乡下呢！"

"可是，我口袋里的钱给敬老院的爷爷奶奶买东西了。不够钱买车票，咱们怎么去乡下呢？"薇拉拉面露难色。

"别担心，我有办法。"李昊的眼里闪着智慧的光。

第二天，李昊和薇拉拉搜遍口袋，用剩下的钱买了两管鞋油，一个毛刷，一块棉毛巾。走到车站，他便挨个儿问旅客需不需要擦鞋，别说，还真有生意。

车进站的时候，他们擦鞋挣的钱居然买了车票还有结余。坐在车上，薇拉拉说："看不出，你还挺有头脑的，我以为你足不出户，不懂生计的呢。"

"你是不是以为我是个脑残啊。"

"我可没这么说，是你自己承认的。"薇拉拉冲李昊做了一个鬼脸。

"我很久没去乡下看爷爷了，不知道他还记不记得我。"薇拉拉说。

"你的爷爷怎么会不记得你呢？"

"不是，他不是我的亲爷爷，是那年我们去乡下遇到下雨，在他家避雨的。"

四

真是巧，他们刚下车，天上就飘起了雨。薇拉拉和李昊迎着雨奔跑起来，终于，薇拉拉看到了那座小屋。

跑到小屋前，爷爷正坐在门口抽着旱烟袋。

"这不是拉拉吗？你怎么来了？"

"爷爷，我是特意来看您的，我天天想您呢。"薇拉拉用爷爷递过来的毛巾擦着脸上的雨水。

起风了，雨点溅进屋里，爷爷也不躲避，还说："多快乐的雨孩子啊，你看，她在跳舞给我们看呢！"

"爷爷，上次我在您家避雨的时候，您说'有风的雨才会飞'，您还记得吗？"

"嗯，没有风的雨下得太没情趣了。"爷爷的旱烟袋一闪一闪，仿佛藏满了哲理。

"有风的雨才会飞？"李昊充满了惊奇。

"是的，你看，不刮风的时候，雨是静止的，就那么毫无意外地落入地里，多没意思；你看那些在风里飞舞的雨滴多么开心啊，她们借着风，飞翔着，见识了不同的风景，心灵变得丰富了，即使最后落入地里，也是充实的，对不对？"

李昊望着屋外的雨。雨随着风快乐地起舞，落地的声音都充满了笑意。

五

李昊告诉了爷爷奶奶、外公外婆、爸爸妈妈那句"有风的雨才会飞"，还有他外出这几天的快乐。他们都陷入了沉思。

又是一个雨天，薇拉拉看着空空的座位，轻轻地叹了一口气。

快到上课时间了，破天荒的，李昊顶着满脸雨水冲进教室，薇拉拉看到他，笑了。李昊也笑了。

李昊说："有风的雨才会飞，我想我们一定能飞得更高！"

薇拉拉使劲点了点头。

如果没有风雨，我们怎会收获彩虹般的人生呢？

载于《创新作文》

人在收获之前是需要经历痛苦的，就像看到彩虹，却要先经历风雨一样。

林露露，你就是童话里那个天使

文 / 玉玲珑

遇见你们，是我最美丽的意外。

——佚名

一

"林露露，你剪头发了啊？为什么啊？你好不容易才留起来的，整天跟宝贝似的伺候着，怎么突然说剪就剪了啊？"林露露刚走进教室，同桌晓宇就"飞"到她旁边，望着她的头发惊呼着。

"我也不知道是谁剪掉了我的头发……"林露露一脸委屈，眼泪跟着就下来了。

"啥？你也不知道是谁剪掉你头发的?！那是谁？怎么剪掉你头发的啊?！"晓宇一脸惊恐状。

"我不知道就是不知道……"林露露的眼泪落满了腮。

要说林露露的头发，那可是她的宝贝，自打上幼儿园起，她就没剪过头发。她那一头乌黑的秀发令多少人羡慕啊，垂下来，一直到腰间，柔顺飘逸，比电视里洗发水广告上的明星头发还漂亮，但让人感觉到真实。

现在可好，直到肩膀下，扎起来像把小刷子。林露露说觉得头轻得像要飘起来。

班主任小李老师走了进来，身后是林露露的爸爸，两个人都表情严肃，脸上布满了暴风雨来临前的乌云，整个班级立时安静下来，谁稍稍大点声呼吸都能听见。

"昨天下午放学的时候，谁和林露露同学一起走的，或者谁看见有谁在背后对林露露同学有过异常的举动没有？"班里鸦雀无声。小李老师的目光扫过每一个同学的脸，没发现异常，都沉稳冷静，没有惶恐。

"小李老师，也许不是同班同学干的，那就不耽误同学们上课了。"林露露的爸爸转身走出教室，小李老师也跟了出去。

教室里一下子炸开了锅，目光全聚焦到林露露的身上。林露露趴在桌子上，把头埋在两只胳膊中间，嘤嘤哭泣。同学们都为她的头发离奇被剪唏嘘不已，教地理的孙老师走进了教室。

"这次考试有几个同学进步了，也有几个同学退步很多，特别是林露露同学，竟然从前10名跌到了第47名，女孩子嘛，爱美是可以理解的，但不能忘了学习才好。要不就成了真正的'头发长见识短'了。"孙老师的话一落地，全班哄堂大笑，目光再一次聚集到了林露露的身上。

二

第二天，林露露的头发又短了一截，她依然不知道是谁用什么方法给她剪掉的，这个消息无异于一个重型炸弹，把初二整个年级炸得沸沸扬扬，连整个学校都陷入一片猜测、不解和恐慌之中。

下午放学，林露露觉得背后有人跟踪，她猛然回过头，甩起书包朝那人脸上打去。

"哎呀，别打了，是我！"林露露停下来，才看见是同学方舟。方舟是班里出名的差生，是林露露的"帮扶对象"。

"我想送你回家，怕有人再剪你的头发，再剪你就成假小子了。"方舟吐了一下舌头。

"方舟，你觉得我以前的长发好看，还是现在的短发好看？"

"都好看，长发看着文静、淑女，短发看着精神、利索。"

"方舟，你觉得学习是很枯燥的事吗？"

"也不是，我就是脑子笨，我也想学好，上课我也好好听来着，可是就是学不会。妈妈也说我脑子不灵光，还说我要是考不上重点高中，就让我去乡下当泥瓦匠，唉，分，分，学生的命根啊。"

他们俩一路走，一路聊。

"方舟，我告诉你个秘密，你不要告诉任何人好吗？"

"什么秘密？"

"其实，"林露露顿了顿，有点犹豫的样子，"其实头发是我自己剪的。"

"啊？！"方舟瞪大了眼睛。

"其实，我是为了你才剪头发的。"林露露一双大眼睛看着方舟。

"为了我？你没有开玩笑吧？"

"是真的。你看咱俩结对子都快一年了，你的学习成绩一直上不来，我也不知道咱俩谁有问题，这次摸底考试你依然还是倒数，我着急啊，说实话，我有点打退堂鼓了，我想找老师再另外给你找个对子，但我又不想放弃。为了给自己鼓劲，我就剪掉了自己的头发，对自己说：'林露露，你连最宝贝的头发都有决心剪掉，难道没有决心帮方舟搞好学习吗？'我知道你并不笨，只是你不够用心……"

方舟听着林露露的话，惊讶得嘴巴张得老大。

"另外，这次我名次掉到了后几名也是我故意的，我想和你站在一个起跑线上，这样你就不会觉得咱俩差距大了。"林露露很认真地看着方舟。

方舟先是惊讶，继而有些感动了。他没有想到林露露如此真诚、如此绞尽脑汁地帮助自己。他是个那么差劲的孩子，上课睡觉，放学去网吧，没有谁在乎和关心他。"嗯，我今后一定好好学习，和林露露'好汉剖腹来相见'。"

三

初二的紧张度，一点也不亚于高二，甚至比高二还要让人感觉"亚历山大"。各类考试、测验渐渐多起来。

"方舟，你看，这次英语考试你得了90分呢，这可是开天辟地头一回啊，肯定不是你的真实水平，说，是不是考试的时候抄谁的了？"英语课代表陈晨用怀疑的眼光看着方舟。

"这有什么啊，这学期期末我能考个满堂红，你们信不信？"方舟接过卷子说。

这个"新闻"不亚于林露露离奇被剪掉的头发，整个班级的学生为方舟的"大言不惭""不知天高分难考"连连惊呼。只有林露露不露声色，在暗暗地笑。

方舟没能兑现他考个"满堂红"的诺言，最有希望得高分的物理他居然只考了62分。同学惊奇地发现，林露露的头发又短了，成了一个"假小子"。同学们都在猜测、怀疑，而方舟，嘴角露出了一丝浅笑。

"林露露，是不是我下次考不好，你就把自己剃成光头啊？"回家路上，方舟说。

"是，你要是再考不好，我就真的剃成光头……"林露露早就做了仔细的调查，方舟虽然调皮、顽抗，但他心地很善良，最怕别人为了他受委屈，所以她才敢这样"狠心"地对待自己。听了林露露的话，方舟的眼睛瞪得都要脱窗了。

接下来的考试，方舟真的考了满堂红。

学校一直在调查林露露头发离奇被剪的事件，最后锁定了目标，居然是方舟！因为只有他和林露露接触比较多。

林露露听说方舟成了怀疑对象，赶紧找班主任替方舟洗脱罪名。"那

你说是谁剪掉了你的头发，这案子不破，影响多坏啊。"班主任苦口婆心地说。

"老师，我告诉你吧，是天使剪掉了我的头发，她说只要我剪掉头发，方舟的学习成绩就能上来了，你看，天使没有骗人。"

老师先是莫名其妙地看着林露露，然后笑了："对，是天使剪掉了你的头发。"

方舟看着林露露假小子一样的短发，在心底由衷地说："谢谢你，林露露，你就是童话里那个天使。"

载于《初中生学习》

年少时期的友谊是单纯的，没有利益，没有情爱，只是为了对方好，就可以放弃自己的东西，哪怕是心爱的东西。

再一次地怀念你

文 / 林永英

> 无论我如何去追索，年轻的你只如云烟掠过。
>
> ——席慕蓉

太深的秋，能在树上缀着的叶也就剩那几星欲掉的残黄了。飘摇中也许就在下一刻会化作枯蝶飞舞于这凉凉的寂寂的秋。

一路的奔驰前行，向后蹿的风、跑的树就像这时间，这十年，一去，再也找不回，回不去。

你舞于这一路的飞奔中，那秃细的树梢，那白厚的云朵，是你在旋动你跳跃的脚，我在凝神，在寻找，那青春的马尾辫在甩动，摇摆。你依旧在伸展自己的曼妙，曾经的舞姿，就旋于这天、这地、这风，这飞奔的途中。

我们聚会了，十年。同学都去了，十年很长也很短，分离的曾经似乎就是昨天，而今天我们又像平时上课一样从四处走来，聚拢。只是岁月给我们留下了抹不去的痕迹，发福，皱纹。欣喜中，拥抱中，没有你，你是不愿让我们看到岁月留给你的痕迹，你不来，你没变，你留给我们的依旧是那样的青春与活力。

大家心照不宣，似乎你来过，就在这中间，欢笑同我们每个人一样，

也许我们没有发现。有风吹过时，只是心里突地凉了，沉了，暗了。那是因你没来，你走了，你永不再回头，回来。你带着你的青春，你的未了心愿走了，你不舍，不舍你刚起步的工作，你已步入年迈的双亲，你执手相看的恋人，你已布置整齐的新房。你有太多的想做还没来得及做的事呀，那该死的病就已经缠住了你，你没有斗得过它们，你还是撒手而去了，你的伤心无奈同样压在了你的父母、恋人、亲人及我们的心上。我们同在心痛心伤。

我们依旧谁也没说，推杯换盏中，各类祝福随酒四溢，血红。只是在每个心里的阳光都有一块暗云，就在那儿悬着，挂着。也许酒溢得太多，泪就悄然滑落。那是那块暗云下的雨，淅淅沥沥，没有闪电，只是默默。谁都明了，就任这雨肆意下吧，也许下过雨后，那块暗云会变得明亮，透彻，能让我们明白一些什么。生也许就如这块云，也许会随风飘走，到一个很远的地方。也许就这样浓化成一场场雨，淅淅沥沥，四处纷扬。

车子穿过闹市，人很多，车很多，南来北往，川流不息。可陌生、孤单就在这繁华中，热闹中。此时的你是否也是处在那纷杂中感到孤单，你没了回家的路，你找不回，也回不来。就如同我们怎样的虔诚也寻不回你一样。我们失去了彼此，你的孤单甚于我们，你的甚于我们。我们合手为十为你祈祷，唯愿身处他乡的你能得到此生没得到的幸福。

车子渐行渐慢，终于停下。你就在这片桃林中，一抔净土下是你的休憩场所。树上的桃花绿叶早就飞没了，这个季节，桃树光秃秃的萧条，不用厉风来衬托自显一段感伤与凄凉，更何况是你在独守这片荒凉。

从看到的最初的号啕，到渐歇无语中的抽泣，心痛中怎能坚信这是你的，是属于你的最后的归宿。风卷起我们散乱的长发，沙尘漫天，枯叶翻卷。这儿就是你的凄凉之地，不愿坚信，不去确信，唯愿这只是一个梦，一个醒来不愿再回想的梦，你只是去了一个远方，很远很远的远方，就像传说中的传奇，我们只是失去了永久的联系。

不知春天的粉淡红浓中，你是否会嘹歌穿行于这片低矮的桃林，让自己如云雀般的歌喉高扬于渺远无际的苍茫中。

祝安吧，我的朋友。深深地怀念你，我们永不再老的老高。

载于《阅读》

有些人，注定是不能陪我们走很远的路，可是那份记忆却一直在我们心里，他们一直活着。

接触陌生人

文 / 孙道荣

　　生命中的缘分，向来是由许多的不经意拼凑而成，也让模糊的印象逐渐镌镂上心头，鲜明得不能忽视。

——席绢

　　泳池边，白色的躺椅上，她穿着泳装，裹着浴巾，面带笑容，斜靠在他的身上。他的一只手与她的一只手，十指紧紧地扣在一起。身后泳池里的水，平静得像面镜子，映照着这对幸福的情侣。照片定格了这个温馨的瞬间。

　　另一张照片，显然是在雨后拍摄的，地面还湿漉漉的，一位面容慈祥的老妇，笑眯眯地站着，她的身后，比她整整高出一个头的少年，双手绕过她的脖子，熊抱着她，而老妇，也慈爱地将双手搭在少年的手臂上。在他们身后，屋檐下是一排超市的手推车。这幸福的祖孙俩，是要去超市购物呢，还是等待着正在超市里买东西的亲人？

　　而这张照片，则是几个年轻人交叉叠躺在一起。绿茵茵的草地上，一个白人将头枕在一个黑人姑娘的腿上，黑人姑娘则躺在一个一脸络腮胡子的男子的臂弯里，另一个黑人小伙子则靠在他的腿上。他们就这样交叉地叠躺在一起，你的手搭在她的身上，她的手又搭在他的身上，亲密，和谐，静谧，放松。他们是相约来郊游的，还是在学校图书馆边的草坪上小憩？

这是一张幸福的全家福，黑人爸爸、白人妈妈和他们可爱的三个孩子，坐在凉棚下，黑人爸爸的大手，一只搭在妈妈的肩膀上，另一只搭在一个孩子的肩膀上，像只结实的大熊一样，保护着他们，他们在等车吗？

这也是一张幸福的全家福，白人爸爸、黑人妈妈，以及他们调皮的三个孩子，他们坐在街头的花坛边，爸爸抱着最小的孩子坐在自己的腿上，他的另一只手，搭在妈妈的肩膀上，妈妈的面前放着一只很大的购物袋，也许他们刚刚从商场里疲惫而快乐地走出来。

这都是我们在日常生活中，经常看到的普普通通的场景，在朋友或邻居家的影集中，随便翻一翻，都能看到的一幕。亲人坐拥在一起，情人耳鬓厮磨，朋友勾肩搭背……我们太熟悉这样的场景了。换句话说，这正是我们日常的生活写照。可是，如果我告诉你，照片中的他和她，老人和少年，他们和她们，全都不认识，是完完全全的陌生人，你会不会感到很惊讶？

没错，这是美国摄影师 Richard Renaldi 历时 5 年，完成的一个名为"接触陌生人"（Touching Strangers）的主题摄影项目。他在街上找到互不相识的陌生人，并请求他们在一起拍张照片，而且彼此要接触到对方。

牵手，搭肩，拥抱，头倚着头，相互依偎……亲人、朋友、同事、邻居，甚至仅仅是熟人之间，这样的身体"接触"都不算什么，很普通，很平常，但在两个或一群陌生人之间，却是完全另外一回事了。

当明白了这些照片的真实来历后，细心的读者发现虽然 Richard Renaldi 镜头下的陌生人都有身体上的接触，但情形其实并不一样，大多数的人在身体接触一个陌生人的时候，表情很自然，就像老友或亲人一样，但也有人表情生硬，搭在陌生人身体上的手，就像触电的树枝一样僵硬。在我看来，这组照片，与其说是两个陌生的身体之间的触碰，不如说是两个陌生的心灵之间的触探和交流。

在我们的世界里，陌生人是危险的，我们已经习惯了不和陌生人说话，不给陌生人开门，不吃陌生人的食物，不和陌生人同行……更不要说和陌生人的身体接触了，那简直无异于把自己置于一个万劫不复的危险境地。陌生人成了盗贼、骗子、恶霸、小人的代名词。可是，我们忘了，在这个世界上，亲人只是极少极少的那几个人，朋友可能会多一点，但你结交的所有的朋友，都是由陌生人发展培养而来的。刚入学时，同学都是陌生人；刚上班时，同事都是陌生人；刚搬来时，邻居都是陌生人。几乎所有的熟人，都是由陌生人而来。对陌生人的抵触和警惕，实际上是对社会的不信任，是这个社会，让我们没有了安全感，互相设防。

如果一个陌生人向我微笑，我必笑脸迎之；如果一个陌生人向我伸出手，我必双手握之。因为对我来说，你是陌生人，而对你来说，我亦是陌生人。我从未觉得自己有什么可怕，而你亦如是。

载于《辽宁青年》

那些擦肩而过的每个人，都可以成为朋友，那些陌生的笑脸可以藏在心里好久好久。

折断的翅膀并肩飞翔

文 / 郭秀娟

> 换我心，为你心，始知相忆深。
>
> ——顾夏

那一年，秋天来得有些早，唐晓雅进城的时候，村口已经满地落叶。和妈妈挥别了乡亲们，晓雅带着村人的嘱托，迎着渐冷的秋风踏上了进城求学的道路。

父亲去世得早，晓雅从小和母亲相依为命，她很懂事，没怎么让妈妈操过心。中考顺利地考进了县城的高中，为了给晓雅挣到足够的学费，妈妈也随她一起来到了城里的一家饭店打工。

开学那天，晓雅站在全班同学面前，拘谨地低着头："大家好，我叫唐晓雅，来自北山镇西房村。"底下传来了窸窸窣窣的笑声："唐小鸭，嘿，你们看她真的有点像小鸭子！"一个女生故意大声说道，引得同学们哄堂大笑，晓雅后来知道那个女生叫宛璐，她爸爸开了一家大公司，家里很有钱。晓雅看了看自己穿的黄色绒衣，那还是前年表姐给的，自己一直舍不得穿，进城才拿出来，没想到却被取笑成鸭子。北山镇是有名的穷地方，这群城里孩子看到晓雅，难免带了些异样的眼光。老师好不容易让课堂安静下来，晓雅匆忙低着头走到了自己的座位上，心里满是委屈，几乎要掉下泪来。自己也想买新衣服，可是想起妈妈大冷天还要刷那么多盘子，怎

么忍心开口要钱呢？第一节课就在这样的不愉快中过去了，晓雅甚至没听到老师在说什么，只是在心里暗下了一个决心——一定要拿到奖学金，那样就可以买新衣服了！

从那天起，晓雅拼了命地学习。以前放学回到家还要帮妈妈做农活，现在所有的时间都可以用来学习了，晓雅特别珍惜这样的机会，别的同学在玩的时候她总是一个人在座位上默默地看书。很快第一次月考来了，成绩出来的时候，同学们都大吃一惊，晓雅超了第二名的宛璐整整 30 分！一瞬间，以前鄙夷的眼光变成了钦佩，只有同班的宛璐不屑一顾。

"考第一名有什么用，还不是连件新衣服都买不起，哼。"宛璐斜斜看着晓雅。宛璐初中时一直是学校里的第一名，到了高中第一次考试就被晓雅超了 30 分，一直很不服气，视晓雅为眼中钉。一次晓雅洗饭盒时不小心把水溅到了宛璐的衣服上，宛璐当着那么多的同学对晓雅大发雷霆："你没长眼睛吗？我这可是刚买的名牌衣服，好几百呢，要是弄坏了，你赔得起吗？"晓雅的脸红到了耳根，手拽着衣角不知道说什么。"哼，山里来的穷鬼，身上都是穷味。"宛璐不顾晓雅的尴尬，扭头在同学们异样的目光中扬长而去，留下晓雅站在原地不知所措。"晓雅，你没事吧？"好朋友妍妍安慰道，"别往心里去，她就仗着自己家里有点钱，有什么好显摆的。""我没事，我们回去吧。"晓雅擦了擦红红的眼睛走开了。

日子越来越长，晓雅淳朴、善良而又勤奋的品质得到了大家的认可，也有了很多朋友。期中考试以后晓雅终于拿到了梦寐以求的奖学金，要买新衣服吗？晓雅思考着；现在同学们对自己都不像一开始那样了，也没必要买了吧。妈妈每天那么辛苦，还是把钱给她让她高兴一下吧！想了很久，最终晓雅决定把这笔钱交给妈妈。穷人的孩子早当家，晓雅很早就知道什么事都替妈妈着想。

一天晓雅正在看书，妍妍神秘兮兮地跑到晓雅面前说："晓雅，我告诉你一个好消息！""嗯？什么事啊？"晓雅疑惑地看着妍妍。"听说宛璐的父亲不久前做生意被骗了，赔光了家里所有的积蓄，她父亲一时着急，突发脑溢血，至今还住在医院里，这回看她还敢不敢瞧不起你没新衣服了！"晓雅心里一惊，"怎么会这样，那宛璐不是很伤心？""哼，谁让她平时趾高气扬的，这回遭报应了吧！"晓雅沉默了，她想起了自己去世的父亲，宛璐现在一定很焦急吧。"想什么呢，晓雅？""哦，没什么，你知道她爸爸在哪家医院吗？""好像在中心医院，据说要住一段日子呢——哎呀！你快看书吧，我也去看书了，期末考试好好考哦，一定要再超过宛璐 30 分——不，要超她 60 分哈哈！"晓雅冲着妍妍笑了笑，心里一点都不觉得痛快。虽然不多，但现在宛璐一定很需要期末的奖学金，而且这也会让她家里高兴一点吧。想到这里，晓雅心里暗暗地有了一个计划。

很快期末考试到了，晓雅看到宛璐疲惫地坐在座位上，一脸憔悴，这更让她相信自己的决定是对的。考试结束第二天，晓雅没有等成绩，而是一早就请假离开了学校。班主任在墙上贴出成绩单的时候，大家都吃了一惊，晓雅竟然考了第二名，比宛璐少了 20 分。宛璐正纳闷儿，忽然听妍妍跟另一个女生说："我昨天晚上路过办公室，听语文老师说晓雅这次竟然没写作文，不知道是为什么！我昨晚问她，她说自己考语文的时候不舒服，作文没来得及写，可是那也不能一个字都不写啊，这回要让某些人高兴了，哼。"妍妍斜斜地看了宛璐一眼，可是宛璐并没有在意，她此刻完全沉浸在疑惑中：晓雅怎么会突然生病连作文都不写呢？

来不及多想，宛璐赶紧回医院去看爸爸。快到病房门口的时候，宛璐忽然听到病房里传来了说笑声，一开门，她看到竟然是晓雅在病床前陪爸爸妈妈聊天呢！"璐璐，快过来，还愣着干吗，快来陪你同学坐。""哦，好。"宛璐愣愣地坐到了病床边上。"晓雅，你……""哦，我有些不舒服，来医院检查一下，正好来看看叔叔。你不知道吧，前天考语文我肚子疼，作文都没写呢，这回可考不过你了，唉。"晓雅装作苦笑地叹了口气，然后又笑着说："不过你下次小心哦，我一定会超过你的！"宛璐看着晓雅一点

生病的样子都没有，瞬间什么都明白了，她是故意让自己的啊！"叔叔阿姨我先回去了，有空再来看你们。""嗯，好，璐璐，去送送你同学，晓雅以后有空到家里玩，叔叔阿姨给你们做好吃的。""好啊，叔叔阿姨再见。"

宛璐跟在晓雅后面出了医院的门。"晓雅，等等。"晓雅回过头看着宛璐，"嗯，怎么了？"宛璐拉着晓雅的手说："晓雅，以前我做那些过分的事，你别在意……""什么啦，又不是什么大事，我都忘了，你也别记着了。""嗯，那晓雅，我们以后能做好朋友吗？"宛璐紧张地看着晓雅，想起自己以前做的事，心里很担心晓雅拒绝。晓雅拉着宛璐的手笑了笑，看着宛璐的眼睛说："我们已经是了啊。"

两个花季女孩儿紧紧拥抱在一起，两颗年轻的心紧紧贴在一起，她们对彼此承诺：从此以后，两只折断的翅膀要一起并肩飞翔。

载于《青春期健康》

有些人其实可以做很好的朋友，只是我们固执地分开了。张开怀抱，靠近，然后接纳。友谊地久天长。

有没有一种花，你曾惜之如命

文 / 胡识

挚友如异体同心。

——亚里士多德

　　阿离是我的同桌，我记得读高三那会儿，我们时常在背书背得精疲力竭时聊聊天，说说梦想。阿离说，填报大学志愿时会选南航，她想成为一名空姐，每天在空中飞来飞去是她向往的青春生活。她一边说一边用手学做飞机飞翔的姿势，活生生像一只快活的小鸟，在蓝天白云里自由翱翔。阿离喜欢普罗旺斯那座城市，也对，她长得太像薰衣草了。她喜欢穿蓝色的连衣裙，喜欢朗诵伊丽莎白时期的抒情诗。更奇怪的是，她身上总会弥散开一种阳光下的香味，让人闻后顿时思维敏捷，记忆力超强。因而，我总喜欢在解不出数学题时，扯一扯她的衣角。这时，她就会瞪大眼睛对我说："阿识，你这又闹哪出啊？我漂亮的可爱的衣服又招你惹你了？"于是，我就会赶紧和她解释："我这不是想揩一点儿公主身上的薄荷香嘛，醒醒脑，好让脑袋转得更快一些，这题，我做不来呢。"这句话，我想我已经说了不下一千次吧。虽然很老土，但是每次都很管用，每当我说完后，阿离就会微笑着瞥我一眼，然后摆出一副得意扬扬的样子，像是我这辈子压根儿就离不开她那味儿。

　　然而，一个人身上的香味同样有天也会遭到暴雨的洗劫。高考成绩放

榜那天，阿离坐在我的旁边，她目光呆滞地看着电脑荧幕。我起初还以为她的血管被胜利这东西给绊住了，以致大脑和眼睛供血不足。我用力拍了拍她的后背："公主，南航中了？恭喜哈……"可还没等我把话说完，"扑通"一声，阿离竟然一下子趴在桌上哭了，她说，她再也不能当空姐了，再也去不了普罗旺斯了。我曾以为这世上的公主从来都不会哭鼻子，她们在我眼里是那么自信、阳光，不会轻易悲伤。但是，18岁的眼睛是会蒙上一层雾水的，有时它会骗我们，等到夜深了，我们才能感觉得到身上凉风习习。阿离落榜了，就在另一个人看到成绩笑得合不拢嘴时，这位在学校享有极高声誉的学神，只能自顾自地，摇头，哭泣，说："不是这样的，不应该是这样的。"

那时候，我真不知道该如何安慰她。人在极其脆弱的时候，应该需要一块洁白的手绢，而我的T恤衫恰好在那时派上了用场。有时，我多希望，青春时期的我们在路上跑着跑着，突然有天跑不动了，想哭，能有一块手绢替我们轻轻擦拭眼角的泪痕，该有多好。或许，我们就真的能做到"不念过去，不畏将来"，因为过去是成长，将来还有人陪着我们一起成长。就那样，我陪阿离报了W大，阿离念护理专业，我学中医骨伤专业。

我以为自己再花上大学4年时间去陪着阿离，阿离就不会因为没能上一所好的大学而悲伤，阿离曾说我就是她的快乐天使。然而，有天阿离也会因为天使泪流满面。

有一回，在去女生寝室的路上，我看到一位女同学的饭盒被大风刮进了我面前的水坑里。我二话没说，赶集似的把书递给阿离，捏紧雨伞，俯下身子就将饭盒从水坑里捞了起来。这时，那位女同学跑了过来。我微笑着说："同学，给，你的饭盒。"那位女同学怔了怔，然后很小心地从我手中取过饭盒。也就在她转身的刹那，我看到她的脸通红通红，像极了我那只"肉包子手"渗出的颜色。

我不知道她有没有对我说一声"谢谢"。于是，我睁大眼睛问阿离。阿离对我嘿嘿地笑了几声，然后猛地一下把书塞进我怀里，气急败坏地说："阿识！从此以后，你别再烦本姑娘了。"我被阿离吓蒙了，耳朵嗡嗡地响。等我回过神来，阿离已经跑进了女生寝室楼。我隔着女生寝室的那道铁栅栏，疯狂地呼喊阿离的名字，可阿离看都没看我一眼。就那样，有很长一段时间，阿离没再理我。我问她的室友，她们也只是一个劲儿叹气，压根儿不把我当回事。

就在我们彼此沉默的第二个月后，我收到了来自海南一家公司的录取通知书。"我要去当网编了，后天晚上的火车。"我最终还是鼓足了勇气给阿离发了一条短信，因为我自始至终都不知道阿离为什么会突然从我的世界走开，我也怕我的不辞而别会给她带来同样的痛苦。有很多时候，我们等的也许只是他（她）的一句话，于是我们总站在时间面前静静地等着。我多希望开往海南的那趟列车能够晚点，这样我和她也许就能见上一面，但那次，列车早点。

到达海南站时，我整个人是跌跌撞撞走下车的。眼泪在我眼眶里不停地打转，我恨阿离的不可理喻，还有她的不解风情。当我恨她恨得快要被卡在火车站的安检口时，我却惊呆了，阿离竟然手捧两杯薰衣草奶茶站在出口等我。她长得太像薰衣草了。

她说，阿识你比我来得晚哦。

她说，阿识，过几天你和我一起回去吧，当医生才有出息！

我一句话都没有说，只是紧紧地一把将她抱住。后来，我才明白，原来这个世界上会有很多女孩子像阿离，也就像薰衣草一样，她们总喜欢在下点小雨时对你无理取闹。她们的目的只有一个，就是在最离不开你的时候，为了验证你对她是不是足够真心，会不惜一切考验你，编出一些荒谬的理由"折磨你"，甚至有天还会骗你说拜拜。

当然，有时候我们男生也会骗一个人。也许阿离永远不会知道那次高考我考了多少分，事实上我也不会说给她听。我认为一个人愿意跟另一个

人在一起学习、跑步、吃饭、逛街、K 歌，那就是喜欢。这种喜欢可以不是男女间的爱情，却可以是冰纯如玉的友情。就好像如果有一天我醒来后发现身边的薰衣草不在了，我的脑神经元会异常放电，医学上管它叫癫痫病，而我会管它叫堕落综合征。在我们年轻时，身边需要有一个长得像薰衣草一样的知己。

载于《高中生教职与就业》

友情就是这样可贵，可是也只是经历考验之后才会呈现出来。愿好朋友都可以走到最后。

属于老蜜的经年醇香

文 / 冬凝

> 只要有闺蜜在一起那才叫嗨到爆棚！我要我们的友谊长存，直到地老天荒。
>
> ——佚名

一

第一次见夏雪，是高中入学的第一天。

她提着行李，跟在班主任身后，推开我们宿舍的门，笑盈盈地自我介绍：我叫夏雪，夏天的夏，雪花的雪，以后住在一起，给大家添麻烦，请多多包涵啦！她落落大方的样子，赢得室友的一阵掌声。

彼时，她穿一件棉布的白裙子，脸上挂着清浅的笑容，就像夏日里一朵悄悄绽放的栀子花，那么安静，那么美好。

她住在了我的上铺，继而，我们又很意外地坐在一起，成为同桌。年少的友情干净又纯洁，我们迅速成为好友。一起主持班级的晚会，一起埋在高高的书本下看小说，把截获邻班男生的情书偷偷拆开再黏合。周末回家，我们一起拖着硕大的背包走在去往车站的路上，绞尽脑汁地想理由，为能挤出半天时光找借口。

转眼便是高三。同学们埋头做各科试卷做到发疯，没有人理会到我

渐渐苍白的脸。夏雪喊我的时候，我已经一头冷汗趴在了桌子上。她拖住我的手，我虚弱地示意她俯在我耳边，轻轻告诉她我没事儿，只是受凉而已。

她不理会我的话，蹲在我面前，一下子把我背起来，一边趔趔趄趄地往医务室跑，一边断断续续地喊，苏晴，坚持一下，别怕，有我。

我伏在她纤弱的背后，弄湿她的衣裳，不知道是自己疼的泪，还是心疼她的泪。

或许是高考压力太大的缘故，那一年，我的身体不时地出现状况，每一次，都是夏雪，在我最不堪的时候，握住我的手，温柔又坚定地对我说，坚持一下就过去了，别怕，有我。

我说，夏雪，一辈子，我们都是最好的姊妹。

二

秋天来的时候，我与夏雪一起去遥远的南方上学，虽然不是同一座城市，但相距短短两个小时的车程也足以让人满足不已。

可是，每月一次的相聚也让我们感到迫不及待。那时没有手机，电话并不普及，于是把钱换成厚厚的信封与邮票，日常琐碎的时光，便在邮递员的出出进进中变得华丽起来。

我与夏雪在信中感慨年少的忧愁，谈读到的书、看到的人，也把生活中的琐事趣闻记下来共同分享。

她告诉我，有一个男生追她，是她极不喜欢的类型，理着平头，屡遭拒绝却又勇往直前。她由厌生怕，乃至最近一次坐公共汽车，发现司机的发式与那男生一样，背影也酷似，吓得她慌不择路，如坐针毡般在下一站跳下车，落荒而逃。

对着信纸，我哈哈大笑，想象着夏雪的狼狈样儿，我回信给她，十天之内，你恭迎本小姐大驾，保证为你搞定平头男！

我说，系里一个男生喜欢我，为我谱曲作词，在宿舍楼下弹唱。我听得烦躁，直接丢下一袋垃圾，向他喊，叫你唱，叫你唱，再唱下去，老娘就要被你逼疯了。

夏雪回信骂我疯狂，让那男孩儿情何以堪。

她跑到我学校来，我们一起逛街，一唱一和与摊主大肆砍价，挑了喜欢的麻料，请裁缝为我们缝制一模一样的长裙。我去她的城市，设计摆脱那位让她备受惊扰的男生，跑去有名的美食街，一家一家大块朵颐，直到肚子撑得再也动不了，才慢慢地踱回来。夜晚的空气湿润而清新，我们俩嘻嘻哈哈走在青春路上，毫无顾忌的笑声惹得行人纷纷侧目。

那么年轻的时节，我以为可以一直这样走下去，从未想过会有分离。

三

大三那年，我恋爱了。男孩儿高大挺拔，是我同校的校友。

但他不讨夏雪的喜欢，夏雪说他眼神迷离，嘴唇太薄，一看就是个不值得托付的小心眼儿男人。我不以为然，不可救药地迷恋他。

夏雪的信，仍是雪片般飞来，我的回信，却少之又少。我的时间大把地荒废到这场不被夏雪看好的感情里，独自寂寞独自忧伤，仿佛失了根基的浮萍随他飘摇，却犹自不觉。夏雪如从前般赶来相聚，我心不在焉，说不了几句话，扯到他，各执一词，各有其说，一次一次不欢而散。

夏雪说，你会后悔的。

我一意孤行，且与夏雪一日日疏远。临近毕业，夏雪要回家乡，我却执意为他留下来。夏雪狠狠地劝我，你会后悔的。

我不留余地地回绝："不要你管，我知道我的路应该怎样走。"

夏雪沉默很久，慢慢地说，如果绛珠草一定要还石头的眼泪，那我又能说什么呢？她顿了顿，接着说，难的时候，记得不怕，还有我。

她用黯然的眼神看我，终于转身而去，一个人坐上了回家的火车。

可是我，太倔强。

我不知道她会不会怨我，也不知道她会不会想我。我不喜欢她对他的否定，不喜欢她左右我对爱情的专注。我想，我们终是独自的两个人，总会有分道扬镳的一日，那只是我们各自有各自要追逐的远方与梦想而已。

四

不眠的深夜，我憔悴不堪地拨通夏雪的电话却又沉默不语时，夏雪在彼端，温柔又清晰地问，是苏晴？长久无言之后，她说，苏晴，坚持一下，不怕，等我。

我的泪，无声地湿了脸。仿佛又回到高三那年，她也是这样一次一次坚定地安慰过我。

4年未见，夏雪瘦了。我们都找不到任何的开场白，只对视着沉默良久，然后，我的眼睛忽然就潮湿了。她放下繁忙的工作，舍下幼小的孩子，坐了一天一夜的火车，千里奔袭只为拉一把曾不听她苦苦相劝的我。

我们拥抱，像曾经一样。她说，你在我眼前，真好。

4年的光阴，在拥抱中隔断过去，从前漫长的光阴里，曾有过多少一起走过的路，一起逃过的课，一起听过的歌，都已经无法细数。所有的感觉在瞬间被拉回，我们像昨日一样同床而眠。

在医院，当她听医生说起我的健康状况，如果不好好治疗，恐将来无法生育的时候，夏雪脸色铁青，握住我的手，恨恨地喊："我要去找他，要去质问他，他怎么能，怎么能把你伤成这样。"

她在医院照顾我的饮食起居，病房里的大姐羡慕地对我感叹，你姐姐真好，没有什么比亲情更可靠。

我看着夏雪，并不说破，夏雪的嘴角画出一个漂亮的弧线，眼神里有湿润润的笑意。

五

爱情是没有解药的鸩毒，所以当年的我，才会一次次忽视夏雪的劝解。而今，失了爱情，亦下了决心，舍了这个让我遍体鳞伤的城市，与夏雪一起回家。

夏雪的新家里，俊朗的老公，乖巧的女儿，与我都是陌生的，我伤感又失落。曾经，跟在我们身后的男生，永远要讨好我们两个人，可是在我出走友谊的 4 年间，夏雪生活中所有的轰轰烈烈或云淡风轻，都与我无关。

夏雪的衣橱里，我竟然看到那件麻料的长裙，以及我们共同淘得的很多衣裳。对于我而言，它们都是那么熟悉。白色蕾丝上衣，是我们读高二时一起选中的，昂贵的价位，让我与夏雪共同节食两个月，花掉了我们所有的零用钱。只因为同样的衣服，让我与她有一种不同于曾经所有往来的亲近感，就像穿了一样的衣服，就是同一个人了。

这样的情绪一直延续到大学，那条麻质的长裙，是我们走遍了城市的角落，在深深的巷子里，找一位手艺上好的老裁缝，按我们自己的设计缝制出来。其实，对于我们来说，那裙子并不太适合，可两个人一起鬼迷心窍，认定这样·条麻质的长裙，会为我们飘逸出一种不一样的美。

没想到，这些已然印上时光烙印的旧衣裳，夏雪还留着，从一个城市带到另一个城市，从一个家带到另一个家。而属于我的，早已不知去向。这一刻我不得不承认，这么多年，夏雪真的如我亲的姊妹，暖似亲情，胜过爱情。

六

现在更多的时候，我们聊的话题都离不开各自的孩子和老公，离不开大把脱落的头发和越来越多的皱纹。一日，聊起一直瘦弱的我，夏雪笑言

她还有力气，等我老了病了孤单了，她还背我去医院，陪我打吊针，陪我晒太阳。

我笑而不语。因为我早就知道，无论发生什么，夏雪都会一直与我在一起。我想不出，还有什么美好能比得上一个铁杆闺蜜的美好，不论冷暖，不论阴晴，一如既往地在我身边站着，敏锐，清醒，爱，并且温暖。

载于《阅读》

有个闺蜜是幸福的，尽管彼此都很倔强。感谢那个陪你一起疯的丫头吧。

和青春里那些委屈握手言和

文 / 邹华卫

> 万两黄金容易得，知心一个也难求。

——曹雪芹

一

春节，青荷带刚出生一个月的宝宝回母亲家休养。刚到没多会儿，莲叶就打来了要前来探望的电话。

青荷想都没想一口回绝。她妈劝解道："何必呢，那么多年的好朋友。"

青荷有些怅然地说："只要见到她，我心里就压抑。"

可是没多会儿，莲叶还是来了。

青荷正给宝宝喂奶，门响，宝宝一动，立时被呛了一下，青荷急急地把孩子抱直了拍，衣服也没顾得拉一下，正狼狈着，莲叶已经带着她粉嘟嘟的小女儿，笑容灿烂地出现在青荷面前，一边从包里掏着一个大红包，一边对青荷说，恭喜呀，你这也总算当上妈了。

这话听起来真扫兴。什么叫"总算"？不就晚点嫁人，晚几年生孩子？你这就有了得意的资本？青荷不悦，唔，这就是自己不想看到她的原因吧。

那天晚上，父亲张罗着宴请亲朋，为宝宝办满月宴，莲叶不见外地留了下来，不出所料地与她的小女儿一起出尽风头。那么漂亮优雅的女人，想不让人注意都难。亲戚朋友纷纷与莲叶举杯，就连青荷老公，也忍不住问她："原来你有这般好的闺蜜，怎么以前没提起？"

青荷的心情一下子坏到了极点。

跟从前一样，有莲叶的地方，青荷便永远有着无法排遣的自卑。这么多年，这仿佛成为一种惯性，无论她怎样努力，都摆脱不了莲叶带给她的压抑。

就像此刻，莲叶站在人群之中，散发着耀眼的光芒，而青莲，原本喜得宝宝的幸福和骄傲在瞬间被打回原形，又变成学生时代"绿叶衬红花"的局面，"绿叶"仍是青荷，而"红花"，还是光芒四射的莲叶。

好讨厌，苏莲叶。

二

青荷和莲叶同年同月同日生，连名字都带着缘分味儿。三岁那年，互不相识的她们上了同一所幼儿园，在父母与老师的惊叹声里，她们相遇。

青荷第一次见莲叶，不由得眼前一亮。穿着白衣绿裙的莲叶，就像莲花池中走出来的莲花仙子，粉嫩白皙，和皮肤黝黑的自己形成强烈的对比。

青荷喜欢莲叶，莲叶也喜欢青荷，她们迅速成为一对形影不离的小闺蜜。莲叶长得招人喜欢，嘴巴又甜，能歌善舞，深得老师偏爱，每逢演出，莲叶都是响当当的领舞，直跳得青荷拉着老师的衣襟，一声声求，老师让录音机歇会儿吧，录音机都唱累了。

当然，老师也喜欢不擅长跳舞的青荷，因为青荷总是全班第一个能正确回答老师提问的小朋友，60 道 10 以内加减法，青荷能在一分钟内搞定，绝不出错。莲叶抿着小嘴巴，练一遍又一遍，就是比不过青荷。想来，青荷的学霸天赋在上幼儿园时，就已经初露锋芒了。

她们一起上小学、上初中，后来青荷以第一名的绝对优势上了区重点高中，而莲叶家交了一大笔赞助费，才得以与青荷继续同学。这所中学 12 个班，她们以极小的概率，继续同班，仍然同桌。

外人看来，她俩亲密得如同姐妹，可只有青荷知道，她再也不可能像在幼儿园那样纯粹地喜欢莲叶。她羡慕、嫉妒，还掺杂着不屑。漂亮又怎样？还不是好看不中用的花瓶一个？

老天真的不公平。莲叶越长越高挑，白皮肤，高鼻梁，漂亮得像仙子。而青荷一直停留在 1.55 米的身高上，不仅要与越来越多的脂肪作战，还莫名地长了一脸可恶的青春痘。与莲叶并肩走在校园里，总有男生吹口哨，青荷低头疾走，她知道，他们是冲着莲叶。

这样的境况，让青荷自卑又压抑。

有一年竞争学生会主席。唯一的名额，经过层层筛选，剩下青荷与莲叶。两个人的表现都堪称完美，评委老师难以抉择，一个男生带头喊起莲叶的名字，一呼百应，学校操场上"苏莲叶"的呼声高涨，此起彼伏。众望所归，莲叶做了学生会主席。是的，学校里不论男生女生，都喜欢漂亮又有亲和力的莲叶，不似青荷，总是拒人于千里之外。

那天回到家，青荷一个人躲到被子里哭了很久。既生莲叶，又何生青荷？青荷暗下决心，要永远霸占第一名，恐怕也只有成绩，才是青荷在莲叶面前的骄傲了。

三

莲叶遇到难题就会问青荷，这让青荷不胜其烦。但心里，她不得不承认，因为莲叶，她的高中生活才不至于同其他埋头苦学的同学一样，枯燥

寂淡得如同一杯白开水。莲叶跟她分享新书，给她讲同学八卦，甚至给她看收到的那厚厚一摞各种风格的情书。

高二寒假，青荷去莲叶家玩，莲叶去洗水果，青荷随便翻开桌上一本参考书，却不料书的扉页上赫然写着："青荷，我要超过你。"青荷忙不迭地合上，惴惴不安。这几个字，从此刻进她心里，让她不敢有一丝松懈，仿佛哪一刻放慢，莲叶都会抢走她唯一引以为豪的资本。

高考后，青荷毫无悬念地去北京读了名牌大学，而莲叶到底是留在了本省名不见传的小城，读了个普通二本。

上了大学，两人不约而同地与对方断了联系。她们只是偶尔从其他同学那里，得知对方的消息。没有莲叶在身边形成鲜明对比的青荷，慢慢褪去自卑与青涩，也变得漂亮自信起来。只是，同室的姑娘们说起各自的高中生活，青荷不肯插嘴，她不愿意回忆那些因为莲叶而深深自卑的时光。

莲叶开始工作时青荷考研，青荷研究生毕业，莲叶不仅晋升公司高层，且已觅得如意郎君。而青荷，在京城找了几个月的工作，高不成低不就，一气之下，继续考博。

这一年春节，回老家的青荷见到了莲叶和她的夫君，莲叶比从前更漂亮、更有气质了，夫君魁梧帅气，亦是一表人才。孤家寡人的青荷，再一次被与从前无异的自卑与压抑控制。与莲叶一起长大，无论自己如何努力，都没有摆脱成为不折不扣的输家的命运。

那一刻，她觉得自己颓败到了极点。

四

青荷终于得到爱情的垂青，找到自己的真命天子。然后结婚，生子，青荷都没有打算通知莲叶，如果可以，她宁愿从幼儿园起，就不认识那个叫苏莲叶的姑娘。

可谁会想到，莲叶仍会不请自来。

那晚，莲叶喝得有点多，便以此为由在青荷家不肯走，她把女儿抱在青荷的宝宝旁睡下，自己则像小时候那样，一边赖皮地挤到青荷的身边，一边絮絮地说话。

莲叶说，青荷啊，你知不知道这么多年，我对你有多么羡慕嫉妒加上恨？你丝毫不必用功，轻轻松松当学霸，而我无论怎样努力，对前十名都还是望尘莫及。你哪一次失利考得不好，就是失利的分数在我看来也是如雷贯耳。我嫉妒你快发疯啦。你作文写得那么好，当范文，拿大奖……莲叶用手捂住耳朵，很痛苦地摇头，天哪，我都不愿意再去回忆这些情节，我怎么会有你这样一个才女做朋友，你总是遮挡着我的光芒，那么多年，我有多压抑，有多自卑……

青荷张大嘴巴，半天没回过神来。莲叶嫉妒她？莲叶因为她青荷而自卑、压抑？这，怎么可能？

明明这么多年，一直是自己在自卑，自己被压抑着。莲叶漂亮，舞跳得好，人缘更好，无论老师还是同学，喜欢的都是莲叶，而青荷自己，除了成绩可以与之抗衡之外，几乎被周遭遗忘……

青荷看着莲叶，莲叶看着青荷，同时笑了。原来，那些年，她们是相互嫉妒，相互把对方当成参照。对于青荷，成长路上，一直有个出色朋友遮挡自己的光芒，的确糟糕到极点，可同样，对于莲叶，一直有个学霸做她的闺蜜，也一样让人沮丧不已。

莲叶有些煽情地感叹，很多时候我都想，如果没有你，我就不会那么努力，当然也不会有现在的我。其实你对我影响深远，是你的优秀成就了我的今天。

青荷也感慨起来，其实今天的我又何尝不是因为你。想在你面前找到自信，只有在学业上持之以恒地努力啊。

　　顷刻间，青荷突然觉得庆幸，庆幸自己的生命中有一个叫莲叶的漂亮姑娘与她并肩长大，因为莲叶，青荷的年少时光才会那样丰满而灵动。

　　青荷拥抱了莲叶，莲叶热烈地回应她。

　　青荷说，莲叶，谢谢你。

　　莲叶说，谢谢你，青荷。

　　是的，除了是最好的闺蜜，她们还是彼此成长岁月里的最好见证者。此刻，她们各自与旧时光里那个自卑压抑的自己握手言和，也与青春时光里那个对面的优秀女子握手言和。

载于《分忧》

　　我们都是固执的小狗，在离开的彼此还在偷偷回望。大胆去握手言合吧，其实你们还彼此牵挂着。

朋友与人生

文 / 思想者

真正的友谊是诚挚的和大胆的。

——席勒

在我们的生命中，会有许多的缘，而朋友则是其中的一个。

因为有缘，哪怕千里之外，我们也会相聚；因为无缘，哪怕近在咫尺，我们也不相识。很难想象，假如没有朋友相伴，人生之旅将会多么孤单！

那么，有缘走在一起成为朋友的人会是谁呢？

他很可能就是：当你内心苦闷需要找人倾诉，或是当你取得成绩需要找人和你一起分享喜悦的人；当你身体不适，或是生病住院的时候，来看望你的人；当你遇到麻烦，有事儿需要帮忙时，伸出援手的人；当你有了缺点，能够勇于当面指出并善意规劝的人；当你在人生路上跌倒之时，为你鼓劲，高喊"加油"的人。

总之，朋友这一概念很宽泛的，但细思量，朋友又有真假、厚薄之分，并非泛泛所指，将所认识的人都视为朋友。有许多人常说自己有很多朋友，可真正深交的人找不出几个，危难之时难见一人。还有很多我们称为朋友的那些人，平时见面只打个招呼，并没有交过心，即便相识十几年，甚至几十年，也只是认识而已，还不如和一个陌生人推心置腹地交谈十分钟更让人刻骨铭心。

　　朋友之交也分两种情况。古人说："君子之交淡如水，小人之交甘若醴。"现实生活中有很多所谓的朋友，常怀有较重的功利心，平日里和你称兄道弟，推杯换盏，黏在一起，一旦你势倒利穷，他们就会立刻疏远你，纷纷作鸟兽散，更有甚者，还会在关键时刻出卖你，这就是"小人之交"，有害无益，倘若你交上这样的朋友，不但"近墨者黑"，而且会惹祸上身，交友能不谨慎吗？"君子之交"却像清水一样没有"杂质"，这样的朋友既不会因显贵而亲近你，也不会因贫困而疏远你，他总是默默地关心和支持你，不热烈，也不张扬，但你有事的时候，雪中送炭的人可能就是他。

　　朋友多了路好走。尤其是那些品行好、见识广、有侠气、存素心的益友，是善缘，值得我们用心去珍惜。人生路上，有朋友相伴，一起走过风雪，走向远方，去领略人生的风景。

载于《哲思》

　　这些年，一个人，风也过，雨也走……感谢那些不离不弃的好朋友，给予彼此支持和温暖，因为有这些人，我们从来不孤独。

朋友的定义

文 / 罗光太

真挚的友谊犹如健康，不到失却时，无法体味其珍贵。

——培根

最陌生的同桌

在大家眼中，我的同桌苏瑞是一个很不合群的人。

苏瑞整天我行我素，形单影只。他的脸上总挂着一副淡淡的表情，就算考了年级第一名，或是在什么比赛中得了不错的名次，别人为他欢喜尖叫，他却依旧不喜不惊。课间休息，我喜欢几个人聚在一起聊天，而他坐在边上，充耳不闻。

我的性格和苏瑞完全相反，我爱凑热闹，喜欢呼朋唤友。我害怕孤单，害怕一个人发愣。我和苏瑞虽然同桌了两年时间，但关系一直浅浅的。我从来不觉得我们会成为朋友。我想，苏瑞也从来没有把班上的任何一名同学当朋友吧。

其实大家都喜欢苏瑞，他很帅，成绩优秀，主动与他交谈的人很多，但他像是一块拒绝融化的冰，喜欢沉溺在自己的世界中。当然，苏瑞不是孤傲，面对别人热情的问候，他会点头回应；别人向他请教作业，他也会

耐心讲解；有同学遇到什么困难，他也会帮忙，但他从来没有表现出跟谁关系特别好。

我曾经问过苏瑞这个问题，他说，我的心事为什么要告诉你呢？普通的一句话，却把我堵得哑口无言。

道不同，不相为谋。我和苏瑞只能是最陌生的同桌。

为朋友"两肋插刀"

刚同桌时，我其实挺欣赏苏瑞的，觉得他成绩好，性格也不张扬，是个内敛而且有才华的同学。他最初拒绝当班长的举动，在班上还曾引起过一阵轰动。十几岁的年纪，谁都希望得到别人的重视，特别是被老师认可，那无疑是一种荣耀。可是苏瑞，他无视老师对他的欣赏，直接就拒绝了班长这一职务。

同学们背后议论，说苏瑞特立独行，也有人说他是耍酷。苏瑞面对别人的非议若无其事，但他的这个态度惹恼了后来的班长黄艳。黄艳是个好强的女生，她一直觉得担任这个班长，完全是苏瑞让的。虽然她一直是个尽职尽责的好班长，深得大家的喜欢，但一谈到苏瑞时，心里就窝着一口气。她不仅在学习上总是与苏瑞一争高低，只要是苏瑞的强项，她都努力做到最好。我明白她的心思，她只是想向大家证明她的实力。

我和黄艳关系不错，她也特别在乎身边的朋友。"朋友"在我俩心中都占据很重要的位置，并且随时都愿意为朋友"两肋插刀"。为了朋友，我撒过谎。我知道朋友逃课是为了到网吧玩，却对老师说，他家发生了一点意外；为了朋友，我在考试时把答案偷偷传给别人，虽然我最反感考试作弊；为了维护朋友的利益，我曾颠倒是非，把责任全推到与朋友发生矛盾的其他同学身上，让对方背上黑锅……只要是为了朋友的事，我就会降低自己的道德底线和原则。

苏瑞说我心里装的全是朋友，却没有我自己，还说我对朋友的方式完全错误。我说他不懂，他根本就不曾有过朋友，又怎么能够理解好朋友之间那种为了对方宁愿自己承担一切的心思呢？苏瑞看着我，浅浅地笑起来，嘴角扬起两道好看的弧线。我没跟他再说，只感觉他挺自我的，从来不会在意身边的人。

我一直好奇，苏瑞是受过什么刺激才变成这样，还是天生就如此？

这个人真怪

黄艳的班长其实当得很累，在老师问到班上的情况时，她既不能撒谎，包庇同学，又不愿意实事求是地把真实情况说出来，让自己左右为难。

自习课上，为了维持班级纪律，黄艳委曲求全，总说言不由衷的话。有时，为了不得罪朋友，她只好赔着笑脸，尽拣好听的话说；为了博取大家的好感，她把自己变得完全不像自己。我觉得黄艳一天天虚伪了。可是我自己，不也如此吗？

一天，为了一件小事，我和班上的几个好朋友意见分歧，产生了争辩。我是想坚持原则，但是连黄艳也不支持我的意见，一边倒的局面让我颇为尴尬。我坚持了我的原则，却得罪了一大群朋友，他们商量好似的集体排斥了我。

原来每天总是一大帮子人一起来来去去的，现在只剩下我孤单一人。我很难过，心里郁闷得不知所措，但我又觉得自己没什么错。苏瑞并不清楚我发生了什么事，他见我每天下课，再不像过去那样呼朋唤友地聚在一起聊天感到奇怪。

我白他一眼，没好气地说："管得着吗？我心情不好。"

没想到苏瑞居然不介意我的不友善，他微笑地说："怎么啦？说说看。"

一肚子的苦水正需要一个出口，我絮絮叨叨地向他倾诉起来。苏瑞听得很认真，时而点点头，时而皱眉凝神，最后他说："事情总能解释清楚，

干吗要闷在心里独自苦恼呢？""我想好了，就和你一样，即使身边没有朋友也过得很好。"我愤愤地说。

"我怎么就没有朋友，你们不都是我的朋友吗？"苏瑞说。

"我们算是你的朋友吗？你都很少理睬我们。"我说，一瞬间，我突然忘记了前一秒我还把自己和朋友划清了界限。

"可能是我们对朋友的定义不同，还有就是对待朋友的方式不一样吧。"苏瑞说。

对待朋友的方式不一样？

我有点糊涂了。

苏瑞这样的算是朋友吗？他总是一个人独处，很少跟人说话，更不用说亲密无间地相处，可是苏瑞愿意帮助别人，总会在别人需要帮忙时主动出手。

我记得有一次学校黑板报评比，我们班的板报一直由黄艳负责，她的粉笔字不错，但她不擅长画画。那期板报按内容需要画一幅"雷锋的头像"，黄艳不会，我和其他几个一起出板报的同学也画不好。苏瑞当时在教室看书，他听到我们的话后，主动说他来试试。还别说，苏瑞一出手就是不同。他在很短的时间内就画出一幅栩栩如生的雷锋头像。在大家对他赞叹不已时，他却像局外人一样先走了。那期板报评比，我们班得了第一名，大家叫好声一片，但苏瑞又恢复到了以前一脸清冷的样子。

黄艳告诉我，她对苏瑞总有种力不从心的感觉，虽然她一直咄咄逼人地与苏瑞竞争，但他根本不当一回事，她碰到困难时，他常会主动出手。说是朋友吧，他们少有交流，更不曾有过单独的接触；不是朋友吧，他又总能急人所急，站在对方的角度替人着想。"这个人真怪。"这是黄艳对苏瑞最直接的评价。

苏瑞喜欢自省，喜欢独自冥想，喜欢清静的生活。或许是性格不同，他不喜欢向人倾诉，但这是不好的行为吗？苏瑞这样的朋友不好吗？

　　我第一次认真考虑了"朋友"这个词。青春终究是一场独自的修行，朋友很重要，但朋友代替不了自己。与人为善，这是做人的底线。我需要朋友，但我更需要一个真实的自己。

载于《才智》

　　我们需要朋友，需要温暖，可是前提是每个人都是独立的，我们在一起彼此靠近，并不是为了去参与对方的生活，只是取暖而已。

第四辑

种在时光里的杨絮

    我想，纵然岁月流逝，时光飞转，有些人，有些事，会一直铭刻在记忆深处，让我时时念起，就像种在时光里的杨絮，那会是久远的牵挂和思念。

Zui Meiwen

让友情穿越这个寒冷冬季

文 / 罗光太

友谊是人生的调味品，也是人生的止痛药。

——爱默生

一

鹭岛的冬季从来不下雪，但湿寒的天气，加上凛冽呼啸的海风，那冷冻到了骨子里。我从小怕冷，也没见过真正的雪，我不知道北方雪花飘落的时候，那样的严寒要如何度过？可是龙小欧告诉我，北方即使下大雪也不像南方的冬天这么冻人。

我才不相信，北方的天气都零下几摄氏度了，能不冷吗？我觉得龙小欧忽悠我，骗我这个没出过远门，没去过北方的南方人。

"真不骗你，你看看我这手，来了南方后才开始生冻疮的。"龙小欧说着，难为情地伸出双手举到我面前。通红的十指，指节粗大，斑斑驳驳，惨不忍睹。

龙小欧是春天时才转学到我们班的，他的父母作为城市专业人才引进来很受重用，初来乍到就解决了住房问题。

我们同住一个小区，同班，前后桌，每天一起挤公交上学、放学，周末一起打羽毛球、爬山，很短的时间里，性格迥异的我们居然成了形影不离的好朋友。龙小欧说，我们之间的关系只能用"缘分"一词解释。我也相信，我们是有缘人。

龙小欧的性格里有北方人的豪爽、干脆，用他自己的话说是纯爷们儿。虽然他个头儿还不及我高，但壮实的他力气很大，每次掰手腕我都坚持不了多久就偃旗息鼓，自动认输，我怕再掰下去，我这手腕可就废了，道道淤红清晰可见。可这家伙，还不无得意地说："我还没用全力呢！怎么就不行了呢？锻炼太少了。"气得我吹胡子瞪眼时，他又说："其实你的力气也不小了，只是我力气太大，在以前，我也是班上男生中力气最大的。"他丝毫不掩饰脸上的得意，自卖自夸，还以为这样说就是对我最大的安慰了。

我喜欢龙小欧的性格。他每天总是乐呵呵的，一脸阳光灿烂的样子。性格内敛的我，比较闷，从来不与人追逐打闹，老师夸我"稳重懂事"，同学说我"不苟言笑"，偶尔也有人骂我"面瘫男"，无论哪种，我都无所谓，淡然面对。

有时自己也很奇怪，龙小欧到底哪点吸引我，简单的交往里，我却是把他当成了最好的朋友。在他之前，我从来不会在意别人的看法、想法，更不会在意别人对我的态度，我只在乎自己，与人保持一种"君子之交淡如水"的距离。在书里，影视作品中看见那些浓烈的友情时会感动，却不羡慕。直到龙小欧的出现，我才知道友情也是生命中很重要的一种情感，也会让人痛彻心扉。

二

市里每年都会举行英语大赛，成绩特别优秀的，将有机会获得保送进重点高中的名额。每个初三毕业班的学生，特别是成绩不错的，都很看重这个比赛。只是参赛名额有限，比赛前夕，各学校要先选拔，口试、笔试，一样不落。

我的成绩一向很好，英语是强项，面对这样的好机会，我当然不会放

弃。龙小欧也想参赛，但他英语学得一般，只能临时抱佛脚，在学校选拔前期，由我天天帮他补课。龙小欧脑筋活络，一点即通，我想凭他聪明的脑袋，要是早一点努力，肯定没问题的，但临近考试才开始查缺补漏确实有点晚，可是龙小欧的想法是，积极参与就好了，结果不重要。

选拔赛在本校举行，很幸运的是我居然就在本班考试，监考老师是班主任。可能是太在乎结果吧，志在必得的我心潮起伏莫名地陷入一种紧张情绪中。以前的考试，我从来没有怯场过，这一次可能想得太多，太在意比赛名次了，头脑居然呈现一片空白状态。这是从来没有过的，我不知所措，那些熟记于心的单词也有几个想不起来了。

情急之下，我趁老师不注意时，偷偷把手伸进桌洞里，掏出英语书，我只要翻翻就可以了。手在颤抖，心跳如擂，脸上火烧一般，热辣辣的，汗水也汩汩而流。太紧张了，我真怕老师一转身就注意到我的异常。我偷偷环视一圈，看到大家都在卷子上下笔如有神时，一狠心就把英语书弄了出来，迅速翻开，一眼瞥见我要找的单词。我想过了，就这一次，以后再也不会偷看，我一定要争取到参赛名额。

终于答完卷子，我松了口气，在我以为神不知鬼不觉时，我又一次偷偷回头环视了一下其他同学，想确认一下刚才的行为是否被人发现。猛一回头，我吓了一跳，坐在后边的龙小欧正虎视眈眈地瞪着我。

还好只是龙小欧发现，我朝他挤挤眼，露出一丝笑容，还深深地吁了一口气。在我正暗自庆幸时，我万万没想到龙小欧举起手向老师揭发了我刚才偷翻英语书的行为。他还说，书就在桌洞里。

我愣住了，一瞬间，我真希望世界就此毁灭。大家都把目光盯向我，如芒在背，我的头不由得低了下去。老师走过来，一下就从桌洞里掏出我的英语书，证据确凿，他不相信地看着我，一把将书摔在我头上，然后当场把我的卷子撕了。

我整个人像是掉入了冰窟窿，浑身抖得厉害。我完全没有想到我第一次敞开心扉交的好朋友居然会这样对我。为了选拔赛，我帮他补课，他虽然没有冤枉我，但他出卖了我，把我推进了无底的深渊。

三

我考试偷看的行为，一时间，风一般传遍了全校。

"真是藏得深呀，表面单纯，其实一肚子坏水。"

"太假了，还三好生呢？连我都不如。"

"他的成绩都有水分的，装得倒挺像君子。"

流言蜚语如一支支锋利的箭射向我。他们说我以前的好成绩估计都是偷看来的，他们不屑的目光笼罩在我的四周，让我抬不起头来。

我不知自己是如何走出教室的，两只脚像灌了铅，整个人被抽空似的。晌午温暖的阳光下，我依旧感觉到了一阵又一阵的寒意侵袭。我不想回家，茫然走在人潮汹涌的大街，却觉得人群疏落，自己那么孤单。我想不明白，龙小欧为什么要当面举报我，这于他有什么好处呢？难道是因为他知道自己进不了比赛，也不想让我入选？思绪如云，头痛欲裂。

一个人去海边，坐在松软的沙滩上，望着眼前的茫茫大海，在潮汐声中，我想对天空呐喊，内心郁积的怒气快让我爆炸。我恨死了龙小欧，这个恩将仇报的家伙，他怎么可以这样对我？如果是别人揭发我，我想我不会这么愤怒和难过。为什么偏偏是他？

那天下午，我第一次旷课，我没有勇气去学校，我害怕别人指着我骂。中午没吃饭，肚子饿得"咕咕"叫，但又实在吃不下去，如果能够这样一了百了地死去那里该多好，我再也不要面对那么多难堪。

也不知过了多久，蔚蓝的天空变得灰扑扑的，阳光躲在云层背后，凛冽的海风中，我感觉身上越来越冷，禁不住双手抱肩在沙滩上走起来。偌大的海滩一片空旷，我走了很久，看着越来越暗的天色，最后还是决定回家。

　　我没想到龙小欧居然会先一步到我家。看见他时我吓了一跳，才考虑到旷课的后果，如果老师打电话到家里，那我在学校偷看的事不就连父母都知道了？父母一向以我为荣，如果让他们知道了这事，他们该有多伤心？

　　看见我进门，龙小欧焦急的眼神亮了起来。父母在，我不好对龙小欧嚷，匆匆进了房间。龙小欧不知死活，居然也跟了进来，还把房门关上。我转过身，狠狠地盯着他，想从他晶亮的眼神中看出真伪。装得挺真诚的，但为什么背后捅我一刀？我以为的友情难道都是假的吗？

　　"阿太，这一下午你跑哪儿啦？也不去上课！"龙小欧说，一脸的关切。

　　我不屑地瞟了他一眼，还真能装呀？捅了我一刀，还装什么好人。

　　我没理睬他。

　　"你在生气？你上午的行为本来就不对，我还没生气呢，你倒生气了。我实在想不到你也会偷看！"龙小欧说得理直气壮。

　　"是，我无耻，终于看清我的真面目了。我配不上和你交朋友，你走吧，走得越远越好，以后我们再也不是朋友了。"我下逐客令，心里却如虫噬般难受。

　　龙小欧坐在我的床上不动。我去拉他，想把他推出门去，但他力气大，我拉不动他。

　　我们僵立着，谁也没再说话，沉默像聚积的厚厚云层横亘在我们之间，一直压迫着我的心。他面色平静，一直盯着我。我没有勇气对视，匆匆一瞥就把目光转开。

　　"你不认为你错了吗？"好一阵后，龙小欧又开口了。

　　"我宁愿揭发我的是别人，不是你。"我倔强地应一句。为什么是他呢？我唯一当成朋友的人出卖我，我心寒。

　　"我不敢相信我亲眼看见的，你让我失望，我不想你这样。"龙小欧说。

　　"你只是嫉妒万一我能够去参赛，而你去不了吧？亏我还天天帮你补课。"我愤懑地说，这是我最不能原谅他的地方——我帮他，他出卖我。

"你迷失了方向，阿太。机会很多，你何必呢？"龙小欧循循善诱。

"是，我利益熏心，你终于看清我了吧？你可以走了。"我再一次冷漠地下逐客令。

那天晚上，我躺在床上，一夜无眠，脑海中混沌一片。

四

再害怕，再难堪，我也不可能继续旷课，我只希望事情不要传到父母耳中。各种嘲讽我早就预料到了，充耳不闻。我绷着脸，目不斜视，任由别人在背后议论。

我不怕孤单，原本就一直独来独往，沉默寡言。一整天，我不再说一句话，看别人热闹说笑时，就望着遥远的天空发呆。

这个冬季比往年的任何一个都更冷，虽然穿着保暖的毛衣，但内心的寒仍无法消除。龙小欧每天上学都来邀我，我们一同走下楼梯，但一出小区大门，我就撇下他走另一条更远的路。我实在不想和他走在一起。龙小欧明白我对他的厌恶，却依然如旧，我往哪儿走，他也往哪儿走。我绷脸瞪他，他也瞪我，一副"理直气壮"的样子。

"我在给你机会，不明白吗？"他说。

我怒火中烧，出卖我，还让我向他求得原谅不成？于是我决绝地对他说："你走得越远越好，以后我们不可能再是朋友了。"

"做不做朋友不是你说了算，这是两个人的事。"他言简意赅，根本不容我反驳。

我不再理睬他，任由他整天跟在我后面。

我没有想到，龙小欧居然如此有耐性，很长一段时间，他天天跟着我，即使我们一句话也不说。"你烦不烦呀？像甩不掉的尾巴。"我恼怒地斥问他。

"不烦。"

"可是我很烦，我们回不到从前，在你心里，我只是一个考试会偷看的坏人。"我叹了口气。在这段被人嘲笑、讥讽的日子里，我虽然烦他，但心里又很感激他愿意在这时候一直陪在我身边。只是，他是怎么想的？可怜我吗？还是因为出卖我，内疚了？

"我举报你，我不后悔，因为你确实错了，就该受到批评。但你是我的朋友，在你难过的时候，我就要陪在你身边，这不是朋友该做的事情吗？这两者矛盾吗？"龙小欧说。

我瞥了他一眼，很认真的表情。虽然还是想不明白他的逻辑，却感动他的守候。我是习惯独来独往，但被大家非议时心里还是会难过，会希望有个人陪在身边。

也有很多同学不理解龙小欧的做法，感觉他的行为怪异。但渐渐地，我想明白了，他只是做了一个朋友应该做的事。

指正朋友的错误需要勇气，在朋友孤单时陪伴在身边是一种温暖，这两者龙小欧都做到了。就像龙小欧说的，穿越这个寒冷冬季，我们的友情会迎来春暖花开。

看着一脸真诚的龙小欧，我相信他的话，也开始学会反省自己的错误和固执。

载于《少年月刊·初》

每个人都会犯错，勇于指出朋友的错误是对他最好的爱，同样，朋友的劝告也是自己认识自己最好的时机，千万不要因此冷落对方。

被孤立的少年时光

文 / 太子光

> 孤独是人的宿命，爱和友谊不能把它根除，但可以将它抚慰。

——周国平

一

上初中那年，爷爷生重病，花掉了家中所有的积蓄，还借了外债，最后他还是走了。爸爸因为长时间照顾爷爷，精神状态不佳，工作中出了差错，给单位造成损失，要赔偿不少钱。妈妈只是个服装厂的女工，收入也不高。原本就不富裕的家，一夜间更是一贫如洗。

为了谋生和还债，父母合计了一下，决定在菜市场开一家专门杀鸡鸭的小店。为了节省开支，父母和我商量，把原来的住房出租，一家人就住在店铺里。店铺很长，父母专门隔了一间给我住，他们就在外间铺了张大床。

我很不愿意，但我明白生活的艰辛和父母的无奈，不得不同意。菜市场里总是弥漫着一股怪怪的味道，很难闻。而我家的杀鸡鸭的小店，更是充斥着让人恶心的味道。刚开始时，我一直想吐，但强忍着，久而久之，倒也习惯了。

二

在学校里，同学们不习惯我身上的味道，他们看见我都避得远远的，

仿佛我是一个传染病患者。

上课时，周围的同学都用手捂着鼻子，一脸嫌弃。我知道，是那股难闻的鸡鸭腥味。我也不喜欢，可我每天都洗澡了，还用香皂一遍遍洗全身。我不知道我要怎么做才能彻底让自己身上清清爽爽的，没有让人嫌弃的味道。

我不可能不住在店铺，不可能不在空闲时帮父母的忙。看父母每天起早贪黑，一双手被热水泡得苍白变形，我不忍心。家里欠着外债，他们不得不经营这种没人爱干的低成本投入，只要靠勤劳就可以挣钱的小生意。市场里人来人往，买鸡鸭的人很多，但纯粹用开水杀鸡鸭的只有我们一家，生意很好，但父母也累得连腰都直不起来。

我知晓父母的艰难，从不敢告诉他们，我在学校被大家孤立。我的成绩还不错，特别是作文，每次都能够得到很高的分数。我把自己的孤独和对生活的理解都化成文字，写在日记里，充实自己寂寞的少年时光。

三

我并不是孤僻的人，也不是不爱说话，只是大家因为我身上的味道排斥我，孤立我，我没有了朋友。

同学们对我是避之不及，同桌也说跟我一桌太倒霉了，我很难受，但不知道如何回应，只能常常在放学后一个人回家的路上偷偷抹眼泪。回到市场里，面对父母时，我还要尽量地掩饰，强颜欢笑，我觉得只有这样，父母才不会担心我。父母已经很累了，我不想他们再为我担心。

那段被孤立的时光里，我每天一个人来来去去，表面装作云淡风清，其实很受伤。青春年少的我和大家一样，喜欢热闹，珍惜朋友，并不喜欢这种形单影只的生活。我很渴望和大家打成一片，渴望她们三三两两地玩耍时能够邀上我，渴望放学后和她们勾肩搭背一起回家。只是所有简单的渴望在当时只是一种奢望。没有一个同学愿意接受我，更没有一个人把我当成朋友。我主动想融入她们的世界时，她们集体对我抛"白眼"，用一种少年尖利的冷漠横起了让我无法逾越的鸿沟。

我孤单地坐在教室里，就像一个"恶臭物"，我害怕那些嫌弃的眼神，害怕这种孤立无援的校园生活，我一次次想过退学，一次次想过结束生命，这样活着真是痛苦不堪。

四

班上的同学早就把我"浑身发臭"的事情告诉老师，希望老师能把我转到其他班去。

我猜想，那时老师也是从我身上闻到了点什么，她虽然没有明说，但后来有一次，我去办公室送作业时，她还是提醒了我要注意个人卫生。我听后心里异常气愤，凛然应了一句："我是交了钱来上学的，至于我身上的味道，与你们有关系吗？"丢下这句话，我走了。忍了很久的泪，终于在我走出办公室时倾泻而出。

我逃了一天课，一个人躲在公园里，坐在树荫下，看着眼前绿意盎然的花花草草，泪湿眼眶。我憎恨可恶的上天为什么这样折磨我们一家人？憎恨班上的每一个同学，还有不关心我的老师，他们凭什么嫌弃我？我那么想和大家成为朋友，他们却都孤立我。我的父母有什么错，他们只是为了谋生，为了挣钱还债，那些恶臭味是我们喜欢的吗？我们也不喜欢，但生活那么艰难，我们有什么选择的余地？越想越伤心，我又禁不住哭泣起来。

我没想到，在斜阳铺满整个公园时，我的老师会和我的父母一起出现在眼前。我以为是幻觉，直到父母扑过来抱住我哭时，我才知道是真的。老师连连向我道歉，说她无意间伤害了我，希望我能原谅。

五

原来老师见我一天没在学校，找了几个学生问到我家的住址，然后她去了菜市场找到我的父母，了解了我家的情况。

"希望你能原谅我，老师真的错了。我伤害了你，对不起！"老师又一

次向我道歉。

她说话时，眼圈红了。

我能够感受到老师的真诚，在她并不了解事情真相时，她确实以为我是不注意个人卫生，她只是想好心提醒我，没想到无意中伤害了我年少的自尊。当她得知我在班上被大家集体孤立时，她才感到她的失职。

我不知道老师和班上的同学都说了什么，在我回到学校上课时，我感觉一切改变了。班上的同学再也没有故意躲避我，也没有嫌弃我，特别是同桌男生，他还真诚地向我道了歉。

我在班上渐渐有了朋友，我和大家和平共处。老师也时常关注我，表扬我的作文写得好，夸我懂事和体贴父母。我的父母终是收回了出租的房子，让我住回家里了。

一切似乎回到了最初，只是只有我自己知道，这段被孤立的少年时光是一场寂寞的欢颜。我已经学着长大了，学会了坚强和忍让，也学会了原谅和包容。谁的年少不曾犯过错，我又怎么可以耿耿于怀拒绝自己需要的友谊呢？我不想孤单地生活。

我并没有因为那段被孤立的少年时光就不再相信人与人之间的真情和温暖，相反的是，在以后的人生中，我遇见不一样的人与事时，我会用心去观察和了解，始终保持尊重。我知道再卑微的生命个体也是需要尊重的。

载于《初中生之声》

每个人都有被孤立或者自愿孤立的日子。不管以后怎样，我们都该相信世界的美好，并且以爱和温暖相待。

种在时光里的杨絮

文 / 太子光

　　时光，仿佛一杯静默无言的水，在光影流年里翻开依稀旧梦。

——佚名

一

　　杨絮是班上最能折腾的女生，我很奇怪，在她娇小的身体里究竟储藏了多少能量，她总是生机勃勃，像一株迎风招展的杨柳。

　　和杨絮的热情张扬相比，成绩名列前茅的我显得寡淡和无趣多了。虽然我会吹长笛，会拉小提琴，但我没有热情，没有兴致，每天除了学习还是学习。杨絮说我没有生活情趣，说我吹长笛、拉小提琴，并不是因为喜欢，而是为了完善自己。

　　我很不服气，我又不是生来就只知道读书的"书呆子"，他们在追的热播剧，他们喜欢的明星，他们爱听的流行歌，他们喜欢的一切我都喜欢。我不知道这算不算杨絮说的，我只是为了"完善自己"。

　　当杨絮问我，像我这样安静内敛的优秀学生，会不会有心慌意乱的时候时我愣住了，她不会知道，我是用了多大的努力才克制住自己萌动的心思。我只是一个普通的年轻人，并非圣贤，怎么就不会有心乱的时候呢？

　　我从来不敢告诉杨絮，在文艺汇演的舞台上，当我看见她在聚光灯下翩翩起舞的时候，看着一袭白裙、长发飘逸、宛若仙子的她，我的心已经一片凌乱。那慌慌不安的悸动，那喘息未定的慌张，她是否明了？

　　可能是性格的原因吧，我把这一切掩藏了起来。我每天忙忙碌碌地学习，沉溺在书山题海中，唯有这样心才可以安宁。面对杨絮时，我才可以从容。

<h2 style="text-align:center">二</h2>

　　我一直都很羡慕杨絮，羡慕她的热情，羡慕她的直率，羡慕她风风火火的生活态度。可能是她说话太直接了，有一天，我突然发现班上的同学开始排斥她。

　　杨絮是个率真也较真的人，她做事力求完美，对自己、对别人的要求都很高，但不是每个人都能够达到她的标准。做班级卫生时，不是劳动委员的她，看见什么说什么，指出这个同学的玻璃没擦干净，那个同学的地板漏拖了一块，虽然她亲力亲为，累得满头大汗，却更招来别人的不满和劳动委员的白眼。

　　体育课上，男生踢足球时，她也凑上去。众女生在背后横眉立目，说她净爱出风头，而男生也不欢迎她。在热爱足球的杨爸爸的熏陶下，杨絮对足球甚是了解，她常常逗乐班上的男生"脚太臭，气太短，踢球烂"，弄得那些水平原本就不高的足球男生颇没面子。

　　就是在课堂上，老师偶尔出现读错字或是讲错内容时，她也会当场指出，弄得那些老师尴尬不已。虽然表扬她知识面广，但任谁都能看出来老师生气了。

　　大家在背后说杨絮太自我了，说她的直截了当让人深恶痛绝，说她爱指手画脚是官瘾发作，说她指正老师的错误是哗众取宠……一时间，杨絮被大家说得一无是处。大家排斥她，对她敬而远之，或是集体起哄，让她窘迫难当。

我不明白，事情怎么会演变到这个地步，杨絮还是杨絮，她的热情洋溢却不再招人喜欢，她的开朗直率反而成了她的"罪证"。

看着眉头不展的杨絮，看着她泛红的眼眶，没有笑容的脸庞，我心里跟着难受起来。虽然坐的位置离得远，虽然讲过的话也不多，虽然她曾嘲笑我是没有情趣的书呆子，但看着形单影只的杨絮，我还是为她担心。

三

有一段时间傍晚放学后，大家都去操场上做运动。校运动会又要举行了，各班级都在组织训练。在往年，杨絮是最热心也是最积极的，她的中长跑还拿过前三名，跳高也不错。那时，就算她没有参加项目，也是乐于当啦啦队。

可是这一次，杨絮一个项目也没有报。在大家七嘴八舌地讨论运动会的事情时，她悄悄地走开了。大家训练时，她一个人坐在运动场边的看台上，孤单落寞。

少了杨絮的场面也就少了喧闹，再没有人像她那样热情洋溢，再没有她爽朗的笑声。男生们少了女生的尖叫声显得有气无力，而女生们更是少了主心骨，乱成一锅粥。看来，这个班上，还真是少不了像杨絮这样热心又热情的女生。

我报了一百米和二百米，只是第一天训练时脚就崴了。一瘸一拐地无法训练，我走到了杨絮边上。看着孤单的她，一时不知如何开口。

"陪我吗？"看见我，她淡然问了一句。

"嗯！"我的脸突然就涨红。

"怎么了？"见我欲言又止，她抬起了头。可能是看见我的脸红了，她张开嘴，想说什么，却又咽了回去。

我们静默地坐在一起，气氛顿时尴尬起来。

"你还好吗？"坐了一会儿后，我勇敢地问了一句。其实有段时间了，看见落寞的她，我就想给她一些宽慰和温暖。虽然我知道，她可能不是很需要这种无谓的关心，但我还是希望能够为她做点什么，即使只是陪她说说话，或是仅仅安静地坐在一块儿。

"我不是你认为的那种'书呆子'，我也会因为一个女生而心慌，也会因为那个女生的事而难过。"我急急地解释，不希望她再把我当成"书呆子"。

"哦！这样。"杨絮吃惊地望着我，不明白我怎么了。

四

杨絮后来应该是明白了我的话，再见到我时，她会认真地看着我，想读懂我眼神里包含的内容。只是我，对杨絮说出心里的秘密后就有些躲避了。

躲避她却又忍不住关注她，关心她。我总会为她在别人面前做解释，希望大家还能像过去一样喜欢她率真的个性。并不爱说话的我，突然很懊恼自己的嘴笨，要不我就可以帮助杨絮了，我不喜欢大家排斥她，不喜欢看见她忧伤难过的眼眸。

上课时，我再也不可能像过去一样专心致志，我总会忍不住把目光转向她，想着要如何帮助她……凌乱的心绪让我不能自已。几次老师让我回答问题时，我都沉溺在自己的遐想中慌乱地站起来却不知所措。

我没想到，有天傍晚放学后，杨絮会在校门口等我。我们并不同路，我猜想，她该是有什么事告诉我吧。我心里一阵窃喜，左右瞧瞧后赶紧朝她走去。

杨絮看着我，想了想后，说："你还好吧？"

我点点头，瞥了她一眼，又害羞地垂下，脸早已涨得通红，心"扑通扑通"地跳。

"我知道你为我做了很多事，在同学面前帮我说好话，谢谢你！不过，没关系的，我自己会学着处理好与同学的关系。倒是你，上课是怎么了？我希望你好好的，像过去一样认真学习，很从容淡定，我很欣赏这样的你。"杨絮微笑着说。

她的真诚我能感受到，她看了我一眼，又把目光转开，望着街上来来往往的人群，若有所思地说："我们终究是要分开的，未来那么远，谁知道会发生些什么事呢？我错了，你并不是一个无趣的'书呆子'，你积极上进，也充满生活热情，只是我们每个人的表达方式不一样罢了。我也会努力学着和大家相处，遵循游戏规则，不让自己再被人当成局外人。过段时间，我要转学了，我爸的工作调动，我们全家一起离开……很开心遇见你、认识你。"

杨絮絮絮叨叨地说了很久，我却是在这个过程中愣住了，她居然要转学了，那我以后再也看不见她了，心情顿时沮丧而黯淡。

"漫长的人生路上，我们还会认识很多人，不过，我和你一样，也曾为一个人心慌意乱过。或许，成长中的我们都曾经历这样的阶段，有点苦涩，而回忆时却很美好，因为我们不曾虚度，因为我们都那么真诚。"这是杨絮对我说的最后一句话，然后她一个人离开了。

五

杨絮在几天后就离开了，偌大的教室里少了她爽朗的笑声变得安静多了。运动会时，啦啦队中少了她这个主力队员也显得了无生机。我的世界里，没有了杨絮，再精彩也无人观赏、喝彩，但我还是一如既往地努力，因为我知道这是杨絮所欣赏的我。

我一直保持着努力的状态，凡事力求做到最好，在努力的过程中，我的心很踏实笃定。我那萌动的心思，最终只能变成回忆和思念。

成长的时光里，或许我们都会经历这个阶段，谁也无法跳跃而过，因

为成长从来就是一种群居的孤单。就像在人群中热情张扬的杨絮，她会孤单落寞；就像我，在众人仰望的视线里，也会有高处不胜寒的孤独矜寡。我们都想走进别人的世界，取暖，却忘了我们自己也可以温暖别人。

我想，纵然岁月流逝，时光飞转，有些人，有些事，会一直铭刻在记忆深处，让我时时念起，就像种在时光里的杨絮，那会是久远的牵挂和思念。

载于《学生家长社会·精美阅读版》

时光匆匆，有些人不见了，有些人还在身边，可是有些人，却一直留在记忆了，怎么也不会抹去。

义气的"吝啬鬼"

文 / 安一朗

人遇误解休怨恨，物过严冬即回春。

——《格言集锦》

一

我和沈钧都是从乡镇小学考进市一中的学生，不仅同班，初中三年还住在同一间宿舍。

刚上初中那阵子，因为终于摆脱了父母的严厉管教，我们这群十三四岁的男孩儿，就像突然被放飞的鸟，欢喜雀跃，扑腾得迷失了方向。

我们宿舍住六个人，而沈钧是最不合群的一个。同样来自农村，他的言谈举止和穿着打扮都让我们反感。难道农村来的，就得穿成一个土包子吗？再加上他长得瘦小，豆芽菜一般，我们都不屑与他交往。但毕竟是住同一间宿舍的兄弟，周末大家结伴出去时都会邀请他，可他不领情，一次也没和我们出去过。有时收到家里寄来的生活费时，我们就会凑点钱到校外的小炒店聚聚，改善一下生活，也增进友谊，但沈钧对此嗤之以鼻。

刚开始我们以为沈钧是怕花钱，从他并不多且破旧的衣物中，我们感觉得到他的贫穷。如果他合群些，表现得卑微且乖巧一些，我想我们宿舍的兄弟都会愿意帮助他，并且不会去和他计较谁出钱多少的问题。但他偏不这样，反感别人的怜悯，还高调地摆明他与我们之间的距离，对谁都没

有好脸色。

宿舍睡前都有开"卧谈会"的习惯，谈论班上哪个女生最漂亮，哪款新出的手机最时尚，什么电脑游戏最好玩时，他会不合适宜地冒出一句："真是肤浅，拿着父母寄来的血汗钱来这里胡混，还那么得意。"他唐突的语言让谈兴正浓的我们仿佛挨了当头一棒。

我是宿舍的老大，不仅年纪稍长一点，个头儿也最高，平日里众兄弟都对我恭恭敬敬，突然当众被沈钧这棵小豆芽菜教训了一顿，颜面何存？沈钧睡我上铺，我恼怒地蹬掉被褥，双脚直踹床板。没想到沈钧这家伙，人长得瘦小，脾气却不小，他火药味十足地回敬我："踹什么踹？有本事把这床板扔到楼下去？"

我骨碌一下爬起来，硬生生地把睡在被窝里的沈钧给拽了下来。如果不是宿舍其他人拼命拉开，我肯定要好好修理这小子一顿。

那天晚上以后，我和沈钧就结下了梁子，无论在宿舍还是在教室，我们都当对方是空气。我的人缘好，成绩也不差，宿舍的几个兄弟整日里围着我转。我们呼朋引伴，玩得乐不思蜀，个性孤僻的沈钧终日里一个人来来去去，落寞而孤单。

二

宿舍里的老三许明，从初二开始就穷追不舍地向隔壁班的一个女生献殷勤，经过长达三个月的努力，那女生终于答应和他约会了。

约会是要花钱的。我们来自农村，家境一般，每个月的生活费都是计算着用，身上能余下来的钱并不多，但我们除了出谋划策外，还把自己平时节省下来的钱都鼎力相助了。可许明数了数，钱还是太少，这样去和一个女生约会实在是没面子，于是他把乞求的目光投向了沈钧。

我们都知道，虽然沈钧家里穷，但他自己会写文章挣钱。上初中没几个月后，我们就发现他一直给杂志社写童话故事，时常能收到各种样刊和稿费单。许明在班上是负责收发信件的，沈钧的稿费单都要经过他的手，至于沈钧这几个月以来到底收到了多少稿费，许明心里很有数，为此他希望沈钧能帮助他。

我们曾听许明说过，沈钧的稿费每个月都有几百元，最多的一次，单单一张稿费单就有一千元。他平时那么节省，又不出去玩，在这个宿舍里无疑是个小财主了。除了找他借钱外，别无人选。再加上平日里，许明对沈钧还是比较友善的，他的那些样刊、稿费单一次也没弄丢过，我们都以为这一次沈钧肯定会帮助许明，而且这也是一次他向我们几个兄弟示好的绝佳机会。

许明还没开口，沈钧却先说话了："你不要看我，我不会帮你的，我的钱都是自己辛辛苦苦写稿挣来的，不可能借给你花天酒地。"说着，他径直走出了宿舍。

许明傻眼了，一脸绯红。其他几个兄弟愤怒地拍着桌子叫嚣："沈钧，你小子够绝情的。"我不解气，这个沈钧怎么没点人情味，于是追着冲出宿舍，把刚走出去的他给拖了回来。我知道这次约会是许明的第一次约会，对他很重要。

"你放开我，陈立。"沈钧在我的大手下拼命挣扎。

我紧紧地拽住他，忍着怒火，用极恳切的语气对他说："沈钧，以前是我不对，我在这里给你道歉了，但这次无论如何，你都要帮帮许明。"

沈钧抬起头，怀疑地盯着我，他知道我是那种就算有错也不肯承认的人。但很快他的目光就从我的脸上飘过，依旧冷淡地说："对不起！这件事我无能为力。"

听他说完，我心寒了，于是狠狠地把他推了出去。没想到他趔趄一下会撞到铁架床的横杆上，额头磕出了血。事情的突变令大家恐慌起来，特别是看见沈钧汩汩流血的额头和瞬间被血染红的白衬衣时我们都傻了。

许明第一个反应过来，他赶紧抓起一条毛巾跑过去捂在沈钧的额头上。"快帮忙把血止住。"许明着急地叫起来。我们这才手忙脚乱地跑过去帮忙。

看着一脸血迹、身子单薄的沈钧，我一阵内疚。"对……对不起！沈钧，我不是故意的。"我支吾着，心里忐忑不安。

"别傻站着，我们要先送他去医院包扎，还要打破伤风。"许明理智地说。

"大家别乱，不要一窝蜂出去，不要被老师发现了。"一个兄弟提醒了一句。

沈钧还算配合，他没有大声嚷嚷。在许明的护送下，沈钧悄悄地溜出了宿舍楼。余下的我们，借着夜色鱼贯而出。

这是第一次，我们宿舍的六个兄弟集体外出，不是去玩，而是送沈钧到医院包扎伤口。在医院时，我主动守护在沈钧身边，心里很慌乱。还好医生说，沈钧的伤口不深，以后不会留下疤痕。回去时，许明向沈钧求情，让他别把这事告诉老师。沈钧默许了，但他依旧没借钱给许明。

许明错过了约会时间，还把钱都花在医院为沈钧包扎伤口上。看得出来他有些遗憾，但他还是自嘲地为自己解释说："如果两情相悦，又何必在乎一次约会呢？"

三

我没想到那么小气的沈钧，在后来我父亲生病住院，在我家人四处忙着筹钱时，他会主动来帮助我。

那时的我们已经上初三了。有一天上课时，姐姐突然来学校找我。看她一脸焦急的样子，我就猜出肯定是家里出事了。听完她的诉说，我愣住了，父亲在田里干活时突然晕倒，现在已经被送到医院抢救。

我心慌得连手都冰凉了，不知如何是好。我知道家里的情况，一下子拿不出那么多钱，就是借，也得有时间去筹。

我请了几天假，跟姐姐去了医院。那几天里，我看护着父亲，妈妈和姐姐回村里向亲戚朋友借钱去了，但昂贵的医疗费用还是让我们头痛不已。

宿舍的兄弟都到医院来看望我父亲，他们还买了很多水果。看着真诚的他们，我心里很欣慰，只是面对躺在病床上羸弱的爸爸，我还是忍不住长吁短叹。

沈钧是和大伙儿一起来的，他的出现我很意外。自那次我把他的额头磕破后，我们之间的关系较以前已有所缓和，但平日里我们还是没有私交。我一直觉得我们是不同类型的两种人，永远不会有融合的一天。

兄弟们围着我说话时，沈钧一直默默地站在边上，直到离开，他都没说一句话。我没想到，第二天中午，沈钧居然会一个人再跑来医院。看着气喘吁吁的他，我疑惑了。正纳闷儿时，他把我叫到了病房外的走廊。

"这个给你，里面的钱少了点，只有两千多……"说着，他递给我一张银行卡。

我愣住了，思绪半天转不过弯来。

我还没开口说话，沈钧又接着说："这个周末，我会回家一趟，家里还有一张存折在我妈手上，里面有一万块钱，可以帮你解燃眉之急。"

我呆呆地望着沈钧，不知说什么好，感动得泪花四溅，然后紧紧地拥抱住他。我从来没有想过沈钧会帮我，而且是竭尽全力地帮我。

"你像对其他同学一样对我就可以了。我知道如果我有什么事，你也会那么帮助我的，对吗？所以说，不要带着那种报恩的心理，让彼此都别扭。我期待的是我们之间平等纯正的友谊，不夹杂其他东西。"沈钧一口气说了很多。

我明白他的话，点点头说："嗯！"情不自禁地握住他的手。

载于《职教新航线·传奇天下》

我们会误解别人，我们会重伤别人，我们会排斥别人，可是我们怎么也不能拒绝别人的爱。当友谊来临，我们就该好好珍惜。

最好的友情

文 / 安心

别人都走开的时候，朋友仍与你在一起。

—— 谚语

一

"简欣在这次的英语大赛中，首轮就被淘汰了。"

"不可能吧？她英语那么好，怎么会被淘汰？"

"事实就是如此，我大姨是评委，还能有错？"

"那太可惜了！简欣心高气傲的，她可受得了？"

"受不了也得受，谁让她输了？只能证明她实力有限。看她还狂什么？"

……

回到学校后，各种议论就沸沸扬扬在教室蔓延。大家小心翼翼地窃窃私语，怕简欣听见似的，却又故意让她听见。

简欣端坐着，面无表情，眼神茫然，虽然手里捧着一本书，但一个字也没有看进去。早料想到会要面对种种的流言蜚语，但真正面对时，简欣知道自己其实没有想象的那么坚强和不在乎。

简欣强忍住不让泪水从眼眶滑落，她是个傲气的女生，她一直高高在上盛气凌人地面对身边的同学，她不想被大家看见她的脆弱，但那些流言依旧针一样刺得她心里难受。

简欣的异常表情被坐在身旁的张萱看在眼里，张萱没有高兴，更没有开怀大笑。虽然简欣一直没把张萱放在眼里，还常常出口伤人，张萱也难受过，但现在看见简欣泛红的眼眶，眼眶中闪动的泪光时，张萱心软了。

张萱轻轻碰了碰简欣的手，悄悄递了张纸巾过去，简欣却异常恼火地瞪了她一眼，说："我不要你同情！你正开心呢吧？看见我难过，你是不是特高兴呀？""我没有！"张萱没想到简欣会有这样的反应，一时急得不知所措。

后面再次有同学喧哗起来时，简欣禁不住趴在桌子上"嘤嘤"地哭泣起来。

二

放学时，大家蜂拥而出。

张萱在整理书包时，偷偷瞥了简欣一眼，见她正慢吞吞地磨蹭着，于是也放慢了动作，想等她一起回家，她有话想对简欣说。可是简欣似乎看懂了张萱的想法，她居然不动了，就坐在位置上，背挺得直直的，昂首挺胸。

"怎么了？简欣，还不回家吗？"张萱轻声问。

"你是在等我吗？"简欣说。

"嗯！一起回家吧，好吗？"张萱微笑地望着简欣，希望她不要拒绝。

简欣不明白张萱的做法，虽然她们同是女生，是同桌，但她们的关系一直就不温不火，根本不像班上其他同桌那样亲密无间。

简欣不喜欢张萱，觉得她跟谁都聊得来、玩得来，根本不真诚，最重要的是，简欣觉得张萱不够努力，于是常常说话时就故意带刺，她想不明白，成绩也还不错的张萱怎么就没有想过要追赶她？与其花那么多时间应

付同学，还不如把书读好，把成绩再提高一些。所以每次见到张萱和同学玩得不亦乐乎时，简欣就很不屑，看都不愿意多看她一眼，觉得她是一个没目标、没梦想的同学。

"为什么要对我好？你不记得我伤害过你吗？在你们眼中，我不是一个高高在上、冷血的，不知同学情谊为何物的怪胎吗？"简欣直言不讳地质问张萱。

听了简欣的话张萱愣了一下，是呀，所有同学都在背后这样议论她，自己为什么要留下来碰钉子，为什么会想安慰她呢？明知道一次失败根本打击不了她澎湃的自信。可是心里有一个声音在告诉自己，她喜欢简欣这个直率的朋友，她要留下来，她要陪着简欣，因为简欣现在正需要别人的关心和安慰，正需要友情的温暖，无论过去她如何对待自己，毕竟她是同学，还是同桌。

"你是高高在上，因为你成绩好，但你不冷血，虽然我们关系没有特别亲密，但我们毕竟是同桌，不是吗？而且我一直也很想知道你为什么不愿意把身边的同学当成朋友？什么样的人你才会真心交往呢？"张萱不亢不卑地问。

张萱的态度倒是让简欣好奇了起来，这个原来被她嘲笑时只会脸红、不会争辩的同桌，现在居然镇静自若地侃侃而谈了。

三

路上，心直口快的简欣毫不掩饰地说出了她对张萱的看法。

斑驳的树荫下，张萱听完简欣的话后，脸不自觉地涨得通红，简欣说得没错，一直以来害怕孤单的自己为了赢得好人缘，总是刻意地经营与同学之间的关系，有时自己并不真诚。

"你总是一个人，不孤单吗？"张萱不甘心地反问一句。

"孤单？是有点，但我确实不喜欢整天嘻嘻哈哈玩世不恭的人，一个人没有目标、没有梦想太可悲了。他们嘲笑我比赛失利，但他们连参赛的资格都没有，还好意思嘲笑我？当然，大家的嘲笑也让我明白，强中自有强中手，我还会继续努力的。可是他们呢？每次考得那么差还笑得像花一样，真让我不可思议，我不喜欢他们。他们知道什么叫努力吗……"简欣滔滔不绝地说，那些压抑在心里的话需要一个宣泄的出口。

听完简欣的话张萱沉默了半晌，想了很久，也想了很多以前不曾想过的。

简欣说的都是实话，在这所普通中学里，学生们受社会影响都不爱读书，整天只知道玩乐。班上的同学羡慕简欣，也嫉妒简欣，心里是想接近她的，但看到她傲然的表情又敬而远之，怕自己被她直白的表述伤得体无完肤，他们用玩世不恭的态度来掩藏自己青春的迷茫，他们把努力的简欣当成了"异类"……

"我说得不对吗？"简欣扬起头说。

"你说得对，够直接，也够坦诚。"张萱说。

张萱心里最佩服的就是简欣这一点，她真诚、不造作，可是最怕的也是这一点，简欣的话针针见血，让人无地自容。可是现在的社会虚情假意的人多了，而敢实话实说的人并不多，敢当面指出别人缺点的人更少，或许只有像简欣这样的朋友才最值得珍惜吧，这样的友情才是最好的友情，而这不正是自己最需要的吗？

四

简欣早已看出张萱的友善和频频向她伸出的橄榄枝，她虽然不是那么喜欢张萱，但她对自己一次又一次的示好，她还是很感动的，特别是当别人都在看她的笑话时，只有张萱没有幸灾乐祸，她值得自己当成朋友。可是，自己又一次地直言不讳，会不会又伤害了她呢？

还好，性格开朗的张萱在第二天一见面时就给了简欣一个灿烂的笑

脸，让她宽心不已。孤单并不是自己想要的选择，如果能够有个志同道合的朋友在身边，生活一定可以过得更快乐，谁愿意总是一个人呢？

简欣第一次接受了张萱的邀请，下课后两个人一起到操场走了一会儿，虽然没有说什么，但彼此心里都是欣喜的。女生间的友谊总是喜欢亲密地待在一块儿，就连上厕所也要成群结队，那是男孩子们永远都想不明白的事。

"好朋友就有责任让对方变得更好。"简欣对张萱说。她是这样说，也是这样做的，简欣希望张萱能够在学习上加把劲，成为她最强劲的对手。简欣帮张萱重新制订了新的学习计划，还在课后帮她查缺补漏。

张萱也没闲着，除了重新燃起学习的热情，她也在努力做一件事。原本人缘就好的张萱开始真诚地对身边的其他同学，她希望像简欣说的那样做，真正的友情就是帮对方变得更好。她不仅努力消除大家对简欣的误会，还帮助大家重新认识简欣。简欣是傲气的，那是因为身边的同学都不好好学习，不知道努力，如果大家都变得积极向上，那么整个班级的氛围会不会就变得完全不一样呢？

载于《黄金时代·学生族》

我们应当有包容和接纳的心，在青春的时光里，没有绝对的排斥和对错，每个人都可以是朋友。尤其在同学之间友谊真的是第一位的，最好的状态是每个人都是朋友，这样才好呢。

街舞少年

文 / 冠豸

志同而气合。

——韩愈

一

那一年，我和浩子都刚上高中，隔壁班；那一年，社会上流行街舞。

每天放学后，总有一群同学，脱下校服，换上酷酷的大裆窄脚裤、牛仔衣，头戴棒球帽，在操场西边的围墙下聚成一堆。人群围成一个大圈，有人在圈子中央翻腾跳跃，阵阵欢呼声引得好奇的同学停下回家的脚步跑去看热闹。

我也是其中一个爱看热闹的人，我看见他们在草地上打滚，还有个同学单膝跪在一块光滑的胶合板上，他低着头，身体呈飞机状，开始缓缓转动身体，随后越转越快，就像一架即将腾空的飞机。掌声"噼里啪啦"响起时，他又迅速跳跃起来，表情突然间就僵化了，目光涣散，像个机器人，动作一板一眼，摇摇摆摆，就像身上装了弹簧一样。

我认识跳舞的同学，他是隔壁班的浩子。

二

有一次我经过他们班时，因为有点事，走得急，没想到他突然炮弹一般从教室里冲出来，硬生生撞在我身上。

我被他撞得很痛，正准备骂人时没想到这家伙先开口了："走路怎么能不看着呀？我这么大一号人来了，你都不知道闪？"

"你撞了人都不知道道歉？有没有教养？"我愤愤地斥责他。

言语不和，我们差点就动起手，要不是看见老师从走廊那头走来，我当时就想教训他。

浩子痞痞的，一看就不是什么好学生。那次算是初相识，后来再见面时，我们都是用充满挑衅的不屑眼神打量对方，却再没有讲过话。

我从其他同学那里了解到浩子学过武术。怪不得敢如此嚣张，不过，我不怕他，我也是从小跟着爷爷习武，正想和他较量较量。

三

见我正盯着他看，浩子故意在我面前大幅度地舞动起来，他夸张地扭动身体，连脖子也扭得很灵动，手更是游龙一般在我面前上上下下地摆动。

我怕他突然袭击，早早做好了准备。不过，浩子没动手，他开始模仿擦玻璃。虽然眼前什么都没有，但他的动作一顿一顿，弯腰、弓背，还哈了口气，擦得小心翼翼，仿佛眼前真有块玻璃似的，身体跟着倾斜，随后身体一扭就滑行过去。

我看得目瞪口呆，他的动作好酷。在我正看得津津有味时，他却朝我努努嘴，用挑衅的眼神示意我和他一起跳。我不会跳，红着脸后退时，浩子却得意地咧开嘴笑了。我心里愤愤地想：有什么了不起的，不就是跳街舞吗，我学学就会了。

我临离开时，对着浩子撇撇嘴，头一扬就走了。

我暗下决心，自学跳街舞，从他们的动作来看，我很有把握自己能够学会，毕竟我有多年的武术功底，那种一招一式的东西我学得快，而且加上身体条件好，乐感强，我相信跳舞不会比浩子差。

想好了，我就付诸行动。我特意买了一本教人跳街舞的书，还了解了它的渊源。只是刚开始学时，书上那些看似简单的招式，我却无法把它们连贯起来，要领没有掌握，我感觉自己的整个身体都是僵硬的，不协调，显得极为别扭。

四

听同学讲，浩子有一张黑人跳街舞的光碟，他跳的动作都是从里面学来的。

要想学跳舞，总得有所付出。我拿出小猪储蓄罐，狠下心砸碎，把攒了半年多时间的零花钱全取出来，自己也准备买上一张光碟。可是跑遍了几条街，我把镇上所有音像店都找过了，也没有找到一张，店老板都说：卖光了，得过段时间才会再进货。

我很失望，怅然走在人来人往的长街。突然一件很时髦的牛仔衣映入眼帘，我想穿上它跳街舞一定帅呆了，于是跑进店里问价钱。"80元！"老板头也没回地应我。我握着手中仅有的三十几元零花钱，又失落地离开。

"怎么？想买牛仔衣？"不知什么时候，浩子居然出现在我眼前。

看见他，我没来由地生气，于是愤然道："跟你有什么关系？走开！"

"那可是我家开的店，想要的话，价钱我说了算。"浩子不计前嫌，很大气地说。

"我总共才三十几元，够吗？"说着，我把手里紧捏着的钱摊开给他看。

"看你也是喜欢跳舞的人，所以便宜卖你。给我20元，我去把衣服给你。"他说。

我以为自己听错了，20元，怎么可能？

见我面露疑惑，浩子豪爽地说："我说够就够，我老爸听我的，我还可以送你一副跳街舞的皮手套和扎头的红带子。"

我知道自己和浩子并不熟，非亲非故的，他凭什么要对我好？难道是个圈套？于是我说："你干吗要对我这么好，有企图吗？"

"你以为你很有姿色呀？企图？笑话！我是看你身体好，跳街舞肯定好看，我打听过你，知道你学过武术，学那些高难度的街舞动作一定没问题。我想找个伴儿，一起跳街舞，以后我们还可以组一个团队，可以吗？"

浩子向我发出邀请。

"没问题！不过，你的跳舞光碟要先借我，让我学会了才行。"我一口答应他，还提了要求。毕竟隔壁班，和浩子相撞后，我也打听过他，知道他只是样子上有点痞痞的，其实成绩很好，还是他们班的数学课代表。

<h1 style="text-align:center">五</h1>

在浩子的帮助下，我购齐了跳街舞的全套装备。

每天放学后，我们就一起去操场西边的围墙下跳舞。通过一段时间的观摩，加上自己看书、看光碟，什么"太空步""背部旋转"都是小菜一碟了。因为有武术基础，身体轻盈，那些在一般人眼中的高难度动作——托马斯、风车，我轻而易举就掌握了，而且动作很潇洒。

"我看人的眼光从来不会错的，我就知道我兄弟很行！"浩子面对大家夸我跳舞跳得好时，不忘自吹自擂。

和浩子熟悉后，我了解了他的性格，知道他是一个很有意思的人，进而喜欢上这个朋友。我们在一起时，先写作业，然后一起探讨跳街舞的动作要领，并且开始学着编排新动作。

我们一起听了很多摇滚音乐、民谣，然后按节奏的快慢强弱设计舞蹈动作。我们都学过武术，身体柔韧性好，爆发力强，才几个月的时间，我们的街舞水平就超越了高年级的学长，在校园里颇有些"叱咤风云"的感觉。

外校的街舞少年来找浩子挑战，浩子单枪匹马，欣然前往。一个常一起跳舞的学长急匆匆地跑来通知我，我放下书，连忙赶到他们斗舞的公园时，浩子已经处于下风。对方毕竟人多势众，而且有准备，浩子的舞技发挥不出来。我们俩得益于武术功底，配合的动作很多，仅他一人时，就施展不开了。

见到我来，浩子喜出望外，他急切地叫："兄弟快来，我都要撑不住了，这群对手相当厉害。"那群街舞少年笑了，我也笑了，很快加入队列。我和浩子娴熟地施展起那些高难度的动作，"转飞机""滚车轮"及倒立手转，赢得了阵阵掌声，总算为浩子扳回一局。

对方很佩服我们的舞技，更羡慕我们俩默契的配合。浩子搂着我的肩膀说："是呀，我兄弟很棒的，我们是最好的搭档。"浩子又开始扬扬得意。

我们都是热爱街舞的少年，大家很快就熟悉了，后来还常常邀在一起到公园跳舞。

六

浩子总是一句一个"我兄弟"来称呼我，叫得我心里暖暖的。别看他平时一副混世魔王的样子，其实心很善，还很心软，而且他在学习上更有一种"钻"劲。

"跳舞时跳舞，学习时学习，动静分明才是好孩子。"在一次浩子获得了省数学竞赛第二名后，他眉飞色舞地对我说。

"你就知道臭美。英语单词再不努力背，你就被我甩到后面去了。"我逗他。我知道英语于他来说算是弱项，所以故意激他。

"别得意，我正抓紧呢！小心哟，别让我超越你，要不，你这个英语课代表可就糗大了。"浩子公开挑战我。

我们俩在学习上你追我赶，互相帮助，闲暇时间里一起跳舞。我们自己编排的《惊魂一夜》荣获了县里举办的街舞大赛冠军。学校的晚会更是给我们提供了一次次展现自己青春风采的舞台……

我们都是街舞少年，因街舞结缘。我们的友谊从那时至今日，一直是最好的兄弟。

载于《故事传奇》

我们因为兴趣相投，所以才会聚集那么多朋友在身边。一起努力，一起进步，这是彼此最好的财富。

别走进对方的死角

文 / 李良旭

自尊心是一个人灵魂中的伟大杠杆。

——别林斯基

晚饭后，我和母亲拉起了家长。说着说着，说起了我的同学小黄。小黄这个人母亲很熟悉，以前我回家时，他经常和我一道，母亲还留他在我家吃过几次饭。

说到小黄，母亲关切地问："小黄怎么有很长时间没有到我们家来了？"

我脸上露出一丝揶揄的神色，讪讪一笑道："小黄谈了一个对象，那个女的不仅比他大七八岁，而且还带着一个小孩儿，真不知道他是怎么想的。我多次好心地劝他，叫他不要迷失了自己，有那么多的好女孩儿他不喜欢，却偏偏爱上一个带拖油瓶的，真不知他是中了哪门子邪了？每次劝他，小黄总是嗫嚅着，好像有什么不便说的隐私。劝多了，小黄好像还有点不高兴，对我有些疏远了。这人真有意思，怎么是这样一个人？真把别人的好心当成驴肝肺了。不行，下次我还要好好劝劝他，我要问清楚了，那女的究竟哪个地方值得他这么去爱。"

母亲听了皱起了眉头，她的脸一下子变得严肃起来，只听她说道："你不应该走进对方的死角，每一个人内心里都有一个死角，你这样贸然走进别人的死角，是对别人尊严的一种亵渎和蔑视，当然会引起他的反感。他这样与你疏远一段距离，就是对你提出委婉的批评和告诫。其实，无论是多好的朋友，都不要走进对方的死角，那个死角，只能一个人细细咀嚼和品味，别人擅自进入，就是一种不恭和冒犯。"

听母亲这么一说，我感到十分惊讶，我怎么没有想到这一点？我以为我和他是好朋友，就应该有什么说什么，没有什么好隐瞒的，没想到别人的内心里还有一个死角？

母亲看着我不解的目光，用一种不容置疑的口气说道："其实，我们母子之间也有一个死角，我的死角，你就是作为一个儿子也不能随便进入；你也有你的死角，你的死角，我作为母亲，我也不能擅自进入。这不仅是一种尊重，更是一种文明。"

母亲的一番话，像一柄小锤，重重地敲打在我的心口上，我的心口感到隐隐地作疼。猛然间，生活中发生的一幕幕事情，像电影蒙太奇一样，在我眼前闪现。生活中，我常常自以为是，看到发生在别人身上有什么不可理喻的事，自己就像个大师，对人家"指点迷津""说三道四"。殊不知，在自以为"世人皆醉，唯我独醒"中，却走进了对方的死角，触痛了别人内心最忌讳的敏感与柔软。

别走进对方的死角，才能赢得别人的尊重与好感。死角，是易碎品，稍不注意，就将别人的死角蹿碎，蹿碎的死角，再也拼接不起来了。呵护别人的死角，也是为了更好地保护自己的死角。

诺贝尔文学奖获得者莫言先生在他的《你若懂我，那该多好》一文中写道："每个人都有一个死角，自己走不出来，别人也闯不进去。我把最深沉的秘密放在那里，你不懂我，我不怪你。"

载于《北京青年》

每个人都有一个死角，那是自己的领地，自己不想提，别人也不能碰。学会顾及别人的领地，是对别人的尊重。

矮墙上的爬山虎

文 / 李红都

　　在灰暗的日子中，不要让冷酷的命运窃喜；命运既然来凌辱我们，就应该用处之泰然的态度予以报复。

——谚语

　　最初注意到操场矮墙上那挂"壁画"的人，是宋怡柔。

　　那天，上完体育课，轮到他和宋怡柔三位同学去搬跳高垫了，他们四人抬起厚厚的垫子走向楼后的体育组。快到那排像乡下瓦房一样低矮的办公楼的时候，宋怡柔突然停下脚步，尖叫起来："天啊，真漂亮！"

　　他闻声抬起头来，顺着宋怡柔的指向望去，一排爬山虎将体育组最东面的那面墙壁点缀得绿意盎然。已近中秋，白杨树的叶子开始发黄，一阵风吹过，宽大的杨树叶"沙沙"地响起来，响过之后，几片叶子便随秋风蝴蝶般地飘舞下来，而这满墙的爬山虎，却仍绿得那么耀眼，让人恍然涌出一种如至夏季园林的错觉。

　　"是啊，像一幅天然的壁画，真的好美。"前面那两个同学也停下了脚步，兴奋地附和道。

　　他一脸不屑："哟，这有啥好稀奇的？在我们乡下，家家户户的外墙上都长着这种常青藤……"他说的是实话，从小，他家和邻居家的矮墙上，都有这样一排排的爬山虎，也不知是长辈们种的，还是野生的，他见得多了，早麻木了……

来这个市级重点高中已经一个月了，他还没调整好情绪，中考失利对他的打击实在太大。为了能以择校生的身份走进这家市重点高中，他的父母花光了积蓄……

送他来这里的那一天，爸爸拍拍他的肩膀说："好好学，在城里扎根，钱，你别操心，这是爸爸的事，你就安心学习考大学，刻苦点儿。将来你在城里有个工作了，把我和你妈都接来享享福。"

他苦笑，考大学，是那么容易的事吗？这所重点高中，聚集着全市成绩拔尖的孩子，像他这样勉强够了择校分的乡下娃，又有几个人看好他的前程？

从体育组办公室回到班里，坐在倒数第二排最偏的那个位置，他从身边的窗口望去，远远就能看到那排矮墙上的爬山虎，刚才还引得同学们的惊叹，现在，又孤零零地晾在秋阳中，无人欣赏，就像擅长跳高的他，每每跃过全班跳高的极限时，也同样能引得满操场的赞叹，但很快，那些赞叹便随风飘走，他仍是班里最不起眼的那一个。

转眼，就过了半个学期。期中考试的成绩，像他预料的那么糟糕，他越发怀疑自己的能力，觉得愧对父母倾其所有为他支付的择校费。

那大，他破天荒地逃了晚上的自习课，走着走着，就走到了那排长着爬山虎的矮墙下。夜色如水，静静地照在墙面上，给满墙的爬山虎增添了一丝阴柔的美感。想起即将到来的中秋，淡淡的乡愁，就伴着凉凉的月色，从心底缓缓流出。

"呵呵，赏月呢？挺有雅兴的。"

他抬头一看，班主任余老师不知何时已走到他对面。

"我……我……"从未逃过课，第一次逃课就被班主任逮了个正着，他紧张得有些结巴。

余老师冲他笑笑："听英语老师说，今晚有位同学不太舒服，没来上晚

自习，我就赶过来看看。你没事吧？"

他摇摇头。

余老师拉起一根爬山虎，说："在我们老家，也是家家的墙壁上都长着这种常青藤。这种植物代表乐观、坚强、上进。你看，天气渐冷，其他植物的叶子已陆续凋零，而爬山虎的叶子生命力却如此顽强，城里的高楼大厦难觅它的影子，只有一些老旧的低矮建筑物仍有野生爬山虎生机勃勃的景象。从最初钻出地面、吐出新芽，到长出像脚爪一样的吸盘，攀附着身边的墙壁，或者树木，一点点地向上成长，直到满墙、满树的躯干都缠满这种绿意可人的植物，它一直在暗暗地使劲，我们看不到它的努力，却会在某一天，发现它居然能攀上很高的建筑，这就是生命的奇迹！我和你一样，来自贫困的山区，也有过学习倍感吃力的经历，但一想起爬山虎，我就有了动力，我想让自己的手脚更加强健有力，像爬山虎的吸盘那样，不断攀登，向上生长。我一直在默默努力，有一天，我发现自己的成绩居然超过了最初我十分羡慕的那些班中的尖子生。就像这排爬山虎，最终的高度已达到这排办公楼的顶缘，远远超过了身边的白杨……"

"嘻嘻……你真的在这里啊。"一串清脆的笑声划过夜空，在耳畔响起。他和余老师同时转过头来。

宋怡柔带着几个同学跑了过来。

"给，这是今天晚自习英语老师发的复习重点和试卷解析，回宿舍后好好看看啊。不明白的地方，我明天给你讲，好吗？别忘了，我是英语课代表呢。当然，不懂的，你直接问英语老师也行。"

余老师拍了拍他的肩膀，笑着说："对了，我刚想起来，爬山虎这类常青藤的花语叫'感化'，它除了代表乐观、坚强、上进，还代表纯真美好的友谊，高中三年，你和同学们互相关心、互相帮助，在学习中建立起的友谊，也将像这种植物常青。孩子们，祝福你们！"

原来，距离的产生，不在别人，而在自己；原来，他从不曾放在眼里的爬山虎，有那么多值得学习的品质……

隐隐，有温湿的液体从面颊滑过，流进嘴角，咸咸的，但他的心里，却荡漾起了一种从未有过的感动和甜蜜。

载于《少年月刊》

大概每个人都有一段灰暗的日子，然后喜欢把自己跟众人保持距离，那种状态自己未必喜欢，可还是要拉开距离。

戴维斯的"背叛"

文 / 凤凰

别人都走开的时候，朋友仍与你在一起。

——谚语

　　戴维斯开了一家公司，却因为经营不善倒闭了。他的朋友马克也开了一家公司，生意做得风风火火，大把大把地赚钱。马克见戴维斯走投无路，便让他加入自己的公司，当然，为了不让戴维斯感到难堪，他说他的公司需要一笔钱周转，如果戴维斯愿意投资的话，那将是对他极大的帮助。戴维斯信以为真，于是将自己所剩的钱都交给了马克。为了对戴维斯的帮助表示感谢，马克给了他公司一定的股份。

　　戴维斯加入马克的公司后，才知道公司的生意做得风风火火，但马克告诉他，这是因为他的加入，才给公司带来了转机。戴维斯为此非常高兴，他希望公司的生意做得更好，为此，他努力工作，和马克配合默契。后来的一段时间里，公司的生意果然因为他的努力而变得更好。马克非常高兴，戴维斯加入公司真是对了。公司有钱了，壮大了，马克于是把生意做得更大了，甚至做起了别的生意，他想赚更多的钱。

　　这天，马克告诉戴维斯，他准备跟另一家公司合作，买一批古董，他说只要这笔生意做成了，公司会赚一大笔钱。戴维斯听了摇头，说他不同意做古董生意。马克说道："公司是我的，我决定了，就这么做。虽然你占了一定的股份，但一切还是我说了算。我告诉你一声，已经是对你最大的尊重了！"戴维斯见马克坚持，也坚持自己的意见，坚决不同意买下这批古董，他说如果马克一意孤行的话，他就退出公司。

马克见戴维斯不支持他不说，还要退出公司，非常生气，说道："在这关键的时候，你居然要退出，好，你要退出就退出，到时候，我赚了钱，你可别眼红！"当天，马克就筹集资金，交给了戴维斯，叫他立即就走。戴维斯走了，马克非常难过，戴维斯在关键的时候却要退出，这是对他的背叛。想当初，戴维斯落难的时候，是他叫他加入公司，还给了他一定的股份，才让戴维斯"起死回生"，赚了一笔钱。

戴维斯拿着属于自己的那笔钱，又开起了公司。让马克没想到的是，戴维斯居然跟他做的是同样的生意，他很想去找戴维斯理论，但想想还是算了。不过，马克十分生气，戴维斯不但背叛他，还跟他对着干，简直就没把他当朋友了。气归气，马克回过头来还是要做自己的生意，他想，只有把自己的生意做好，才是对戴维斯最大的打击，只要戴维斯失败了，到时候，他就又得回头来找自己。为此，马克斗志昂扬。

就在马克与那家公司合作，准备买下那一大批古董的时候，突然却传来一个不好的消息，戴维斯也想与那家公司合作，也想买下那批古董。马克这时明白了，戴维斯口口声声说不能做这笔买卖，还坚持退出公司，原来并非这生意不能做，而是为了独吞这笔生意。马克说："戴维斯啊戴维斯，我真是看错了你！我把你当朋友，你却一再跟我作对。想跟我争这笔生意，没门！就你那点资金，人家根本瞧不上眼！"

虽说戴维斯现在的公司不起眼，但马克也不敢大意，为了避免夜长梦多，他连忙与那家公司签订了合同，并且一手交钱一手交货，把生意给做成了。就在马克以为自己发财了的时候，事情发生了意外，原来这是一个骗局，这是对方精心设计的骗局，那些古董都是赝品。守着一堆赝品，马克哭了，对方早已不见了踪影，自己的那笔钱，也追不回来了。这下，公

司全完了，马克从富翁一下子又变回了穷人。

这时，伤心的马克想到了戴维斯，他又露出了笑容，戴维斯开了公司，找他帮帮自己，自己就一定可以重振旗鼓。没想到，马克还没有去找戴维斯，戴维斯就主动找上门来了。马克心想，他肯定知道我的事了，该不会是来羞辱的我吧？不过，马克还是接待了戴维斯，他想看看戴维斯到底会怎么对待他。戴维斯握了马克的手之后，开门见山就说道："马克，你的事我都知道了，对不起，我没能阻止你的这场交易！"

看着一脸内疚的戴维斯，马克顿时糊涂了，戴维斯没有羞辱自己，便问道："你这是怎么了？"戴维斯告诉马克：自己见他一意孤行，非要做那笔古董生意，为此他很是担心，于是他决定退出公司，自己开一家公司，抢着做那笔古董生意，如果自己失败了，那么就挽救了马克的公司。当然，如果他成功了，那也有马克的一半。如果马克失败了，至少还有他的公司存在。因为从一开始，他的公司就有马克的一半。

马克听了恍然大悟，拍着戴维斯的肩膀说："原来你退出公司，其实是为我着想啊，我还以为你真的背叛我了呢！你别自责，你退出公司，就是帮了我的大忙。我见你开公司，知道你困难，于是通过别人，悄悄地向你的公司投了一笔钱，没想到你现在生意做得风风火火，我也跟着赚钱了！"戴维斯笑了：从前马克帮他，自己"背叛"他后，他还帮着自己，而自己"背叛"他，也是为了他，他们是真正的好朋友！

原载《知音·海外版》

背叛和爱傻傻分不清，是我们经常犯的错误。应该懂得哪些人是虚伪的，而哪些人却一直站在自己身边。

第五辑

每一场雨洒下的都是思念

ZuiMeiwen

　　春华秋实，燕归雁飞，雨丝已飘洒了五个秋季，看过了烟雨迷蒙的杭州西湖，欣赏了淅淅沥沥的小雨苏州，经历了电闪瓢泼的梅雨南京，我又回到了凄冷浓烈的秋雨北方。无论哪场雨，总会让我怀念那季不沾衣的雨季，思念那个大眼纤细的川妹子。

修剪友情之树

文 / 范泽木

人之相识，贵在相知，人之相知，贵在知心。

——孟子

　　周末，一个学生在 QQ 上向我吐露心事。事情很简单，无非是青春期里一些司空见惯的事。她喜欢上了班里的一个男生，心湖泛起圈圈涟漪。年少的心事无处诉说，她欲与死党倾诉，又吞吞吐吐有些羞赧。死党鼓励她，有心事就要说出来，既然是好朋友就要坦诚相待。在死党的鼓励下，她终于把心事和盘托出。

　　没想到，死党把她的秘密与全班共享了。一时间，全班都知道了她的心事。她六神无主，羞得整天低着头，不敢与任何人交流。那些天，她觉得世界突然间狭窄了，落在身上的眼光仿佛充满嘲讽，她只能缩在自己的世界里。

　　当然，她对死党恨之入骨，没想到自己的信任换来的却是背叛。

　　青春里，谁没有经历过这样的事？

　　上大学时，我的一位好朋友看上了一款漂亮的手机。他对手机念念不忘，到了茶饭不思的地步。最后，他说很想得到那款手机，问我能不能借他100 元钱，并说第二个月一定还我。当时我每月的生活费是 400 元，为了满足他的心愿，我毅然借了他 100 元。过几天，他又来找我，说只差 100 元就能买到手机了，叫我一定要再想想办法。我拒绝了，因为我无法把生活费从 400 元缩减到 200 元。他看着我，说："你能不能先到同学那里借 100 元，下个月我一定还。我父母说了，下个月要给我加生活费，我肯定有钱还的。"我禁不住他的软磨硬泡，向室友借了 100 元钱。

第二个月，我打电话催他还钱，他室友说他不在寝室，叫我晚上再打过去。到了晚上，我给他打电话，他室友说他在洗澡，洗完就打回来。我于是在电话机旁等待，过了一个多小时，电话始终没有响起。我忍不住再次打电话，可一直无法接通。潜意识告诉我，他把电话线拔掉了。

我连续打了几次电话，朋友无一例外都"不在寝室"。那个周末，我决定到他学校找他。很巧，我在校门口遇到了他。他不耐烦地说："不就 200 元钱吗，催什么？"我说："你还我，我就不催了。""没钱，过几天有钱了就还你。"

这句话被他用了无数回，"有钱了就还你"几乎成了他遇到我时的口头禅。我慢慢意识到所谓"过几天"是永远都没有尽头的托词，便没再与他联系。

我一度恨他恨得咬牙切齿，后来慢慢发觉，200 元钱让我认清了他，从而避免了他给我带来更大的伤害，也许没有别的方式能让我这么快捷地认清一个人，不禁暗自庆幸。

从往事里跳出来，我对学生说："这件事让你认清了她，你以后不会在她身上注入无谓的情感，这难道不比你一直傻乎乎地当她死党更值得庆幸吗？"她愣了片刻说："您说得有道理，我确实通过这件事认清了她。"她发过来一连串大拇指，表示对我的认同。

前几天，一位朋友在微博上写道"从今天开始定期清理 QQ 好友"。问她原因，她说："久了之后就发现有些人值得深交，有些人只能浅交，有些

人根本不应该交。"

确实如此，友情是大浪淘沙后的硕果。我们总要经历一些事才知道谁真心谁假意。友情之树有嫩叶，也有病叶，常常修剪才能越长越好。

载于《山东青年》

我们始终行走在路上，碰到一些人，留下一些人。我们总是在寻找，寻找那个最适合自己的人，然后发展一段友谊，所以留下的都是适合自己的朋友。

一厢情愿的青春友情

文 / 张君燕

> 向前吧，荡起生命之舟，不必依恋和停泊，破浪的
> 船自会一路开放常新的花朵。
>
> ——佚名

　　我一直觉得我和芳之间的缘分是注定的，从入学报到第一天的相遇，到分在一个寝室的上下铺，再到相处一天就无话不谈的热络与亲密，相同的爱好和相似的性格让我们很快熟悉起来，不到一周，我们便成了一同吃饭一块儿去厕所的好姐妹。

　　初到高中的陌生和紧张，在和芳的相伴中减轻了很多。可能因为我是家里最小的孩子，我的自主能力不是太强，多多少少地有一些依赖倾向。而芳的性格中则带着一丝男孩子的豪爽和大气，能带给我很多帮助和鼓励。每次想到芳，我的心里都会充盈着满满的喜悦，庆幸自己能够交到这么一个好朋友。

　　芳是个大手大脚的女孩儿，花钱没有规划和节制，带来的生活费往往会在前两天就花光了，接下来的三天，芳便用几包方便面凑合，她还笑着说自己正好减肥。我曾劝过芳几次，要她学会有计划地花钱，每次她都笑着答应，之后却依然我行我素。劝说无效，我又不忍心让芳挨饿，于是我自己便省吃俭用，好在芳的钱花完后，拿上我的饭卡拉着她一起去吃饭。

每到这时，芳总会笑着说："燕子，你真好。""客气什么，咱们是好朋友嘛。"芳直白的表达倒让我有些不好意思了。

芳的性格开朗活泼，再加上她的大气和豪爽，芳身边的好朋友越来越多。看到她热情而友好地对待身边的每一个朋友，我的心里竟产生了一点小小的失落，而且，我隐隐地有一种感觉，芳对我似乎没有从前那么好了。不过这个想法一冒出来，我自己都觉得很好笑，又不是谈恋爱，干吗要有这种排他的感觉呢？

真正让我感觉芳对我的疏远是在寒假刚开学后。那天到校，我从家里带了很多好吃的东西，并且直接分成了两份，一份是我的，另一份自然是给芳的。那时由于我们搬进了新的宿舍，我和芳已经不在同一个寝室了，不过这又有什么关系呢？在我心里，芳依然是我最好的朋友。当我拿着一大包食物兴冲冲地来到芳的寝室时，发现芳正忙着给同寝室的同学分年糕，看到我来，芳愣了片刻，随即笑着说："燕子，我正打算给你送我妈做的年糕呢。"接过芳手里仅剩的两个年糕，我也笑着，却说不出话来。回寝室的路上，我一直在想，如果我没有去给芳送东西，没有撞见芳给室友分年糕，芳会不会主动把年糕送到我的寝室呢？

之后的日子，我还是会去找芳，跟她讲我高兴或不高兴的事，和她分享我的小秘密、小心事，芳幽默的话语和理性的分析总能让我摆脱烦恼，露出开心的笑容。有一天，我对芳说："有时间的话我们一起去爬山吧，我家的后山有一座寺庙，听大人们说在那里许愿特别灵。我们也去许个愿，做一辈子的好朋友，好不好？"芳点头答应了。可是后来，每次我和芳说起这件事，她总是有这样或那样的原因，再后来临近高考，学习越来越紧张，这件事也就不了了之了。

高考结束后，同学们互相填着留言册，写下临别时刻想对同学说的话，也算是对三年高中生活的总结。在给芳写留言时，我字斟句酌，写了满满一页的对往事的回忆和依依不舍的情绪。我把写好的留言还给芳时，芳出去了，桌子上摊着一本别人的留言册，我好奇地拿过来看了一眼，然而，就是那一眼，却让我的眼泪瞬间涌了出来——在"最好的朋友"那一栏，芳赫然写着别人的名字！要知道，在我心里，最好的朋友这个位置只有一个人，那就是芳。而我也一直理所当然地认为，芳最好的朋友应该是我。芳在给别人的留言中，还说起了一起去后山寺庙许愿的事情，言语中尽是对友情的珍惜和满足。那一刻，除了委屈，我更多的是失望，甚至还有生气。我以为芳真的是没时间，没想到也许只是因为我在她心里的位置已不重要了。

这件事对我的打击很大，以至于我都不知道该如何去面对芳。之后没多久，我们考上了不同的大学，联系也渐渐少了。如今再想起那件事，我发现自己早已释然了。正如张小娴所说，一厢情愿的不只是爱情。是的，也许在我和芳之间，是我太过一厢情愿。不过即便如此又如何呢？在高中三年的青葱岁月里，芳曾陪着我一路走过，给予了我那么多关怀和帮助，让我体会到了朋友的情谊和珍贵，这就足够了。至于是不是最好的朋友，真的没必要去介意了。

载于《青春期健康》

有些事情是无所谓的，自然也就不去介意。真正该在乎的，是经历那份感情以后自己的成长。

白菜也有颗美丽的心

文 / 君燕

人不可貌相。

——冯梦龙

一

当苏美丽乐颠颠儿地搬着凳子坐到我旁边时，我厌恶地把头转向了一边。全班的同学我都不喜欢，苏美丽同样也不例外。苏美丽名字叫美丽，但是她一点也不美丽。高高的额头上耷拉着几根稀疏的黄头发，塌鼻子下的厚嘴唇中隐隐地露出两颗大门牙，一笑起来，活脱脱一个兔八哥。可笑的是，她好像并不在意，整天乐呵呵地向人们展示她的大门牙。苏美丽很白，但身材又矮又胖，加上她不敢恭维的五官，我突然想到了菜市场里随意堆放在墙角的大白菜。可不是吗？真像！

看到我笑出了声，苏美丽又咧开了嘴："笑什么呢？""大白菜，哈哈，你是大白菜！"我指着苏美丽大声说道。教室里的同学闻声都起哄般地跟着笑了起来，苏美丽的脸涨得通红，尴尬地低下了头。谁让你去老师那儿要求做我同桌的，哼，我自己一个人坐多清静！看着苏美丽的样子，我恨恨地暗想。

没想到此后，"大白菜"成了苏美丽的代号，同学们从一开始背后偷偷地叫到后来明目张胆地当面叫她。对此，苏美丽竟然一点也不生气，有时还露出她的招牌笑容痛快地答应着。这个傻妞，简直傻到家了，我不由得对她嗤之以鼻。

二

这天放学后，苏美丽露出了她经典的大白牙对我说："我去你家做作业吧？""什么？"我吃惊地瞪大了双眼，简直怀疑自己有没有听错！难道她没有看出我对她的厌恶？还想要到我家里去！"切！我用高昂的头和一脸不屑的表情表明了我的态度。

"让我去不？"没想到苏美丽竟然不识趣地追问我，这不是自取其辱吗？"NO！"我毫不客气地吐出了这个字。我很长时间没做过作业了，反正没有人管我，奶奶又不识字，老师也拿我没办法。

快到家时，我才发现苏美丽竟然跟在我身后！"你跟着我干吗！讨厌！"我简直是气急败坏地冲着苏美丽嚷道。苏美丽对我的恶语相向竟毫不在意，她调皮地吐了吐舌头说："我送你回家呀，我是你的'护花使者'！"

"不可理喻！"面对苏美丽的死缠烂打，我也无可奈何，只好丢下一句话，转身进家，顺手把房门重重地带上了。至于门外的苏美丽会有什么反应，那我就管不着了。

三

我的行为好像激怒了苏美丽，她似乎憋足了劲儿跟我对上了。上课时，每当我做小动作或者想睡觉时，苏美丽会在我的大腿上使劲儿地拧一下，痛得我眼泪都快掉下来了，却也只能忍着——老师正用严厉的目光看着我呢！

有时我不想上课，就悄悄地躲在寝室里看课外书，往往没看上几页，就听到苏美丽高音喇叭似的叫喊声，我真纳闷儿，我的名字到她的嘴里怎

么就变得这么难听了呢？反正不管我在哪里，苏美丽都会像影子似的跟着我，害得我再也不能像以前那样随心所欲地偷懒了。

虽然我恨之入骨，却也拿她没有办法。都说巴掌不打笑脸人，我总不能在她微笑的脸上打一巴掌吧！再说，无论我怎么骂她、羞辱她，她都不会生气，简直就是打不死的小强！

不过，我似乎发现了一个现象：自从苏美丽跟我耗上之后，老师批评我的次数少了，连看我的眼神都跟从前不一样了。难道我被苏美丽气糊涂了，产生幻觉了吗？

四

晚上我刚到家门口，苏美丽又不知道从哪里冒了出来。惹不起，我还躲不起吗？打开房门我还没来得及关上，苏美丽便甜甜地对着门里叫了一声"奶奶"。"哎，美丽来了呀，快进来！"看着奶奶热情地招呼苏美丽，我彻底蒙了。

奶奶笑着对我说："妞儿呀，你这个同学可乖了，每天中午她都来陪奶奶聊天，还抢着帮奶奶干活。我看你这个亲孙女都不如人家呢！"怪不得呢，原来苏美丽趁着我中午在学校吃饭，偷偷地溜到我家来了。这个苏美丽，简直阴魂不散，真不知道她搞的什么鬼。

"奶奶，我是来请燕子教我写作业的，好多东西我都不会呢！"苏美丽掏出作业本跟奶奶说。听了苏美丽的话，奶奶高兴地都合不上嘴巴了："那太好了啊！燕子学习还好吧？唉，她父母都不在身边，我也帮不上什么忙，希望不要耽误了孩子呀！"

奶奶的话让我心里突然有些难过，父母离婚后，也顾不上管我，只有奶奶依然像以前那样疼爱我。这些日子，可把奶奶累坏了。她拖着年迈的身体做家务，还要照顾我，奶奶的腰累得好像更弯了呢。可是，我一点都不让奶奶省心，还净给奶奶添麻烦。我突然想，要是最爱我的奶奶也离开我，我该怎么办呢！自私的我只知道自己伤心难过，却没有想到其实奶奶也承受了巨大的痛苦和压力呢！

为了奶奶，我也不能再这么消沉下去了，我要振作起来，更要多多地孝敬奶奶。没想到苏美丽倒比我这个孙女更知道心疼奶奶呢！这时，我看到苏美丽脸上的笑，突然觉得不那么讨厌了，而她露出的两颗大门牙，现在看起来反而觉得挺可爱的。

我和苏美丽坐在桌前，探讨着作业，其实更多的时候，是我在向她请教。苏美丽耐心地给我分析，帮我解答，不大一会儿，作业就完成了。我惊奇地发现，平时那些让我头疼的作业其实做起来也挺有意思的。

五

期中考试时，我的学习成绩有了很大的进步，看着成绩单上鲜红的分数，奶奶乐得眯起了眼睛。而此时，我和苏美丽已成了很要好的朋友，上下学都一起，甚至去厕所都要一块儿去，几乎成了"连体婴儿"。每天放学后，苏美丽还会跑到我家里来，和我一起帮奶奶做家务，奶奶常常被我俩逗得哈哈大笑。而且在苏美丽的带动下，我跟班里的同学也都打成了一片。老师和同学们都说我变了，变得更活泼，更讨人喜欢了。

苏美丽趴在我的耳边，对我说了一个秘密。原来前段时间，因为父母离婚，我受到了很大的打击，情绪陷入了低谷，对学习也产生了厌倦。苏美丽听说了我的事情，便跟老师主动请缨，要求做我的同桌，说要帮我走出困境。于是，就出现了开头对我死缠烂打的情景。苏美丽的话让我既感动又愧疚，眼泪情不自禁地流了下来。

晚上，奶奶留苏美丽在家里吃饭，其中有一盘菜特别好看，像一朵朵娇艳欲滴的花儿。我尝了一口，又鲜又嫩，好吃极了。我疑惑地问奶奶是什么菜，奶奶笑着说："傻丫头，这是白菜心呀！"白菜心？我顿时呆住了。看起来那么普通甚至毫不起眼的白菜竟然还有这么美丽的心？"孩子，

看东西不能光看外表，很多看似普通的东西内心里其实是最可爱、最美丽的。"奶奶的话让我沉默了，抬头时，正好看到了苏美丽微笑的脸庞，我顿时明白了：其实，苏美丽就像是一棵普通的白菜，外表平凡，但内心无比的美丽。

载于《创新作文》

鸟美在羽毛，人美在心灵。如果我们因为相貌就去排斥一个人，那只能说太不成熟了。

每一场雨洒下的都是思念

文 / 午言

题诗寄汝非无意，莫负青春取自惭。

——于谦

秋雨在夜黑中敲醒了睡梦中的我，睡眼惺忪，台灯淡蓝色的光散着点点寒气，不禁打了个冷战。我迷迷糊糊地看到天蓝色的手表走成了一道横线，呆板得不成弧度。看着镜中嘴角满是污秽的自己，我赶忙拿手擦去那块残留的糖汁痕迹。稍稍清醒后，我才发觉含在口里的糖块何时已化成糖水涓涓而下，在摊开的日记本上积成了一个已近干涸的小湖，模糊了日记本上黑色的笔迹。

她说过，嘴里含块糖，梦就会被染上粉粉的甜味。我努力回想着刚刚被遗忘的梦境，舔舔口中残存的香甜，似乎与眼前的秋雨相关。

总觉得 10 月是一个游走的季节，带着漂泊的味道，浸染着随时出发的萌动。5 年前，在这个季节，同样飘着雨，我揣着一颗萌动的心，坐了 24 小时的火车来到了成都，开始了我的职场菜鸟生活。在一个出租公寓，我遇到了她，那个让我温暖的大眼纤细的姑娘。

"珍珠……"她尖着嗓门儿，把珠字的音调抬得老高，跟旁边的姑娘说笑着走了进来。

我正坐在床上，戴着眼镜读着张爱玲的《小团圆》。我们相视而笑。

听说我来自北方，她难以想象，"那么远？你一人？"

我点点头。

她住在我对面的床铺，坐在床上开始给我讲周边的布局。有哪几所大学，有哪几路车，哪里可以买到小吃，哪里可以购物……几分钟下来，我已对周边环境了如指掌了。

"你不喜欢跑？"经过几天的观察，她对我说，"看你除了出去买点吃的外，就窝在床上看书。"在她的要求下，我们加了QQ。

又两日，她说："读你空间里写的字了，很美。我很欣赏会写的人，你以后会很好的。"我佯装着笑了下。要知道我现在就是一个落魄的流浪者，食不果腹，居无定所，辛辛苦苦打了两个月的工，老板欠着工资跑了。

"我找到工作了，请你吃饭。"过几日，她对我说，见我一直迟疑，她又说："等你工作了，也要请我的，这是我们这儿的规矩。"摸着许久没有油水的肚子，我点了点头。

她拉着我往外跑去。"伞，拿伞哦，外面下着雨呢！"我喊道。

"不用。"她斩钉截铁地带我出了门。

秋日的成都，飘着满城的雨丝，如躲在花间窥视意中人的曼妙女郎，温润而顾盼神游，那样柔顺。让生在北方的我，忘情游走在雨丝中。

这里的花颜色真浓，真艳，真美！这里的树，枝干爬满绿苔，真怪！这里居然还飘着不沾衣的雨丝，根本不用打伞，衣服也不会湿！

我跟着她，第一次发现这里真美，花美，树美，就连秋雨也是美的。

她只是笑着，带我采撷锦里的青，提取浣花溪的淳，领略武侯祠的威，赏玩宽窄巷子的情……

"你可以写下这个雨丝弥漫的秋季。"她突然说。西湖留给世人的是美，而雨丝绕指柔的成都留给人的是味，无论你有多急多躁，她总是温文尔雅地微笑地注视着你，静静地等待着你慢慢变得安静，那神情似新生儿的母亲，温柔而宽和。

望着她陶醉的背影，我想这该是个心思多么细腻的姑娘。她爱这座城，在深圳待了两三年后，还是回来了，因为这里有她的根。

那些秋日，那些雨丝，花草虫鱼，湖水木石，在我眼中突然都有了感情，让我忘却了独在异乡的孤寂和落魄。

"成都是个来了就不想走的城市，但还是没能把你留下……"得知我要离开这里时，她很惋惜地说："只愿这里给你留下的是美好。"

她一直担心我恨这座城市，因为在我刚刚踏入社会的时候，在这里遇到了所谓的"骗子"，害得我一日只吃两顿饭，而且都是馒头配咸菜。

"你已经留给我很多美好了！"我笑道。

出发那天，她拎了一大袋水果、食物让我在路上吃。

我接过来，头也不回地走进了候车厅，我怕回头后会忍不住掉泪。只是在火车驶出站的那一刻，我编了条信息给她："水是我一生的路径，注定，漂泊是我的另一个名字。还记得吧？缘来缘去，都只为遇见你。你永远的陆小小。"

她回了条短信，附上我写的那首《浮萍》诗：

浮萍是开在水中的花灵晶莹
绿色是我被赋予的痴情
湖面映出光的影
被风打碎洒落一湖的梦
水是我一生的路径
注定
漂泊是我的另一个名
归宿是永不可即的等

最后注脚："你永远的小小菊，祝好。"

当初就是因为看到了这篇文字，她一定要跟我交朋友。

最好的相逢便是不期而遇，最好的相识便是惺惺相惜。缘聚缘散，不叹不留，送上一声祝福便好。我感激她的理解，也感恩与她相识。

春华秋实，燕归雁飞，雨丝已飘洒了五个秋季，看过了烟雨迷蒙的杭州西湖，欣赏了淅淅沥沥的小雨苏州，经历了电闪瓢泼的梅雨南京，我又回到了凄冷浓烈的秋雨北方。无论哪场雨，总会让我怀念那季不沾衣的雨季，思念那个大眼纤细的川妹子。

此刻，秋雨正借着风速，苍劲有力地打在玻璃窗上，发出咚咚的声响，瞬而又溅洒在周边。仿佛是谁挥着毛笔，点上一个逗点，滑落窗边。

我拿起笔，在日记本上写下："雨丝淅淅，青草欲滴；雨丝沥沥，湖光旖旎；淅淅沥沥，雨不沾衣；缘来缘去都只为你。"

又把它编成短信，发给了还在睡梦中的她，最后注脚："你永远的陆小小。"

然后起身，我伸伸懒腰，含了一颗糖在嘴里，又慵懒地躺在床上，继续做着粉粉甜味的梦，希冀再回到那些雨丝飘洒的秋日，再邂逅那个大眼纤细的姑娘……

载于《新青年》

有些人来到自己身边是为了离开。至于为什么，是没有为什么的，至于有什么意义，也是无意义的。可能有些人，只是为了让你想念吧。

致那段消逝的游侠路

文 / 张云广

　　孩子们是热爱生活的，这就是他们最初的爱，遏止这种爱是不明智的。

——泰戈尔

　　每一个在旧时村庄庇护下长大的男子都有一段游侠路，这段路在少年光阴里蜿蜒，并撑开一片天地供英雄气息弥漫。

　　巷子里一阵鸡飞狗跳，那是游侠队员行进至此的先期信号。人人手中配备了弹弓，各个口袋里塞满了石子。弓还未来得及拉长瞄准，刚才还在街道旁一棵老榆树上隆重集会、放声歌唱的鸟雀突然间都噤了声，然后四散飞逃。它们都晓得队员们的射击水准，它们不仅耳朵里仍留着前辈们的谆谆教诲，更有自己亲身感知过的惊心动魄在一次次地加深着记忆。

　　鸟飞得快，游走于胡同里的鸡身手就没有那么迅捷了。无奈目标过大，一枚枚飞弹从身旁呼啸而过，还有更精准地射中了脖颈、打疼了腿部，滋味绝对不会好受。鸡若有灵魂，那一刻应该是出窍的时候吧，直至仓皇间费力飞进哪家的木栅栏门，胡乱地钻入一个不为人知的角落里才算是暂时躲过了一劫。

　　相较而言，大黄蜂是最不肯屈服的家伙了。曾一度在游侠队员们头上盘旋的"黄色轰炸机机群"宣示着它们保卫家园的坚定决心，也为游侠

们带来了刺激和悲壮。头上起包了，没有人会嘲笑，只要手中拿着战利品——蜂巢，就痛并快乐着。秀勇敢是人人都争着要做的事情，它所吸引来的仰慕目光足以让人把疼痛忽略掉。

"不被马蜂蜇，枉为男子汉。"这是游侠价值观中重要的一条，被蜂蜇过一次而示人以坚强的人至少可以与胆小鬼划清界限，从此堂堂正正做游侠。

当弹弓瞄准一个从藤上垂下来的丝瓜，抑或砖堆上竖立的酒瓶时，那就算是游侠队员们在做"善事"了。谁的射击精准度最高，谁才可称得上大本事，"小李广""小花荣"的称号是对获胜者最高的褒奖，即使汗水不断地从脸颊滴落也是值得的。尚武精神的旗帜，就这样在每一位游侠队员的心中高高飘扬。

《射雕英雄传》播出后的直接效应就是催生了对"打狗棒"的渴求。一时间，村庄外面田间小路上的大杨树变得极具吸引力。爬上树，骑树杈，砍刀落，木屑溅，终于"咯吱"一声，被相中的树枝一个自由落体惊起一地飞尘。削去皮晾干后再用刀刻上"打狗棒"三个字，那时自称丐帮帮主的少年不断涌现，洪七公高的矮的胖的瘦的各种腔调的都有，一时间让人辨不清到底谁才是真身。

也有在上面刻"金箍棒"三个字的，电视剧《西游记》的播出催生了对美猴王的羡慕，木棒拿在手中好一阵子得意地乱舞，仿佛齐天大圣孙悟空就是自己了。不管怎么说，又添了一件称手的装备毕竟可喜可贺。只是手中的木棒从来没有真的打过一只冒犯自己的狗，也从未降伏过一个过路的妖怪，倒是村里人在庭院中栽种的果树常常领教到棒子的神通。

老赵家的杏树，三娃子家的枣树，还有李奶奶家的梨树和柿子树，一向极受棒子的"关照"。叠罗汉翻墙而入，人站墙头上，棒子逞威风，果实簌簌落，最终落入我们早已清空书本的书包里，而从地里归来的院落主人总会和那位栽种人参果树的五庄观观主有着些许的同感……

久而久之，队员们"赢得"了一个看起来好像永不磨灭的番号——捣蛋军团。对此，大家并不感到遗憾，真正遗憾的是韶光远逝，竟忘记了自己是哪一天正式退役的，也忘记了自己服役的具体年限。

曾经的少年不再年少，木棒最先找不到了，大概被母亲在灶膛边烧火时派上了用场，而那个躺在上了锁的抽屉里珍藏的弹弓也在一次搬家的过程中不见了踪迹。最后一束英雄的光芒微弱而无声地消散，"游侠"二字彻底成为一个人生的历史名词，一并被永久历史化的还有纯真和豪气。于是，成熟的气息终究是占了上风，然后浓浓淡淡地升起，并把日后的岁月填满。

载于《语文周报》

我们曾经那么孩子气，后来就长大了，后来就成熟了。人走到什么年纪，就该做什么事，这样，人生才是丰富的。

友情是株生长缓慢的植物

文 / 顾晓蕊

> 最好的朋友是那种不喜欢多说，能与你默默相对而又息息相通的人。
>
> ——高尔基

推开窗，天刚微亮，一轮红日从远山中冉冉升起。宿舍楼下的花圃里花儿开了，散发出若有似无的香气，像我隐秘而青涩的心事。

来这所中学已有半年多了，每天清晨我习惯推窗远眺，山的后面是我思念的家园。虽然隔几个月能回家一趟，但对第一次离家住校的我来说，想家的滋味还是很难受的。

不过很庆幸，在这里我认识了蓝冰。她坐在我的前排，皮肤细白如瓷，一双乌黑的大眼睛显得水灵俏皮。她是一个爱说爱笑的女孩儿，空闲时常跟我攀谈，渐渐地冲淡了我对家的思念。

蓝冰的家离学校不远，一个周末，她邀请我到家里去玩。蓝冰妈妈做了很多小菜，盛在精致的瓷盘里。吃饭的时候，蓝冰不停地往我碗里夹菜，边夹边说："我妈妈做的菜很香，你要多吃点啊。"

我第一次受到这么隆重的招待，心里顿时涌起一股暖流。临走时，蓝冰跑到院里搬来一盆花，说："这是我最喜欢的海棠，又叫解语花，现在把它送给你吧。"

那盆海棠被我摆在窗台上，碧绿的叶片鲜嫩欲滴。也正是从那以后，我们的友谊突飞猛进，只要一有时间就凑在一起，说着总也说不完的话。

那是一个微风习习的傍晚，我们背靠背地坐在草地上，聊起了各自的心事。

我的家境并不宽裕，为了供我上学，母亲到附近山上砸石子。她的手上结满厚厚的茧子，原本清瘦的脸庞显得苍老憔悴。我深知母亲挣钱不容易，因此平时总是很节俭，去食堂只买最便宜的菜。

她静静地听着，随后也向我道出心底的秘密。前些日子，她的目光被一个身影吸引，他是阳光帅气的班长。她将满腹心事涂写在纸页上，让相思在轻舞的诗行中葱茏，妈妈看到后与她进行了一番长谈，她终于将那份淡淡的情怀放下。

那天我们聊了很久，直到夜空中升起繁星点点，才依依不舍地离开了。

不久后的一天，班上有位学生患了重病，同学们想凑钱去看望他。我翻遍钱夹掏出 10 元钱，交给负责收款的班长，他笑着摇了摇头，说："听蓝冰说你家里很穷，就别参与了。"

我愣了一下，随即红着脸跑开了。妈妈曾说过能给予就不贫穷，他偏要给我贴上"贫穷"的标签，最可气的传话的竟是蓝冰。

正当我为此懊恼的时候，又爆出一桩"新闻"。班上外号"小喇叭"的男生，把蓝冰的诗抄到后面的黑板上，还在题目下加了句——致班长。几个男生吹着口哨起哄，蓝冰气得脸色苍白。

放学铃响了，同学们纷纷散去，我起身正要离开，被蓝冰喊住："你给我解释一下，怎么会这样呢？"我脸色微变，嘴上却不甘示弱："先问问你自己，是谁把我的情况告诉班长的？"

或许是我的声音有些大了，她气呼呼地说："看你那熊样子！"

什么？她居然说我"熊样子"？要知道在当地方言里，这是句带有轻侮的话。我冷冷地看了她一眼，然后转身离开，只留她一个人愣在原地。

随后的几个月，我们俩谁也不搭理谁，有时目光碰到一起，也会马上避开。窗台上的海棠，叶片变成黄褐色，看到它，我更觉得心情糟透了。

又过了一段时间，我们家要搬迁，妈妈到学校办理转学手续。同学们送来很多漂亮的明信片，并在上面写下祝福的话。我悄悄地望了望蓝冰，见她一脸静如止水的神情，心里有种说不出的失落。

再想想那天的事，尽管她的话伤了我，可是我也有错。她跟我倾诉内心的痛苦与快乐，是为了让彼此更好地成长。然而，当"小喇叭"拿着地上捡到的纸团，神秘兮兮地来问我时，我漫不经心地抖落了她花瓣般的心事。

我心里浮起丝丝愧疚，又不好意思主动跟她说话。当我清理完书桌将要离开时，蓝冰走了过来，递给我一条粉红围巾，真诚地说："这是我特意为你挑选的礼物，希望你喜欢，也请你原谅我无心的过错。"

我激动得声音都发颤了："啊……不不，应该是我向你道歉。"我们握着手相视而笑。

回到宿舍，我意外地发现海棠开花了。胭脂色的小花，一朵挨着一朵，紧紧地簇拥在一起。那一刻我恍然明白，友情是株生长缓慢的植物，要用爱心和耐心来浇灌，才能如花儿般绚丽绽放。

我托同学把海棠转交蓝冰，再后来，我们经常书信往来。我记得和她在一起的日子，记得她给我的温暖，这一段难忘而美好的记忆，在我心里永远都不会抹去。

载于《求学》

有些人离开了，才会发现原来她一直在自己心里，那一刻，你才明白原来我们一直是朋友，我们是一直惦念着对方的。

仰望星空

文 / 凉月满天

　　许许多多的友善言行也是如此，最后一次才使人心领神会，情谊长久。

——鲍斯韦尔

　　王子走在路上。

　　他姓王，名子，有一个想要当王的老子。

　　他走在路上，见一群小孩儿在殴打一个小孩儿。那个小孩儿动也不动，那几个群殴他的小孩儿却哇哇哭着跑了。

　　他觉得奇怪。眉清目秀，年纪和自己差不多大，刚读初中的模样。正打量，对方走过来，友好地伸出手，说："你好，我不是人。"

　　他也伸出手，说："你好……呃，我是人。"

　　然后他就一巴掌打在那个男孩儿的头上："你唬谁！"只见他捂着手蹲在地上，眼泪汪汪。男孩儿说："我都说了，我不是人了。"王子想：你挨打就是因为这个吧？不过他没来得及表达，那个男孩儿一把抓住他，"嗖"的一下拎上高空。当时吓得尿了裤子，后来他就爱上了这项运动，无聊的时候，请男孩儿把他当风筝。

　　他们那次直接飞回王子的家，坐在阳台上，王子问："你来地球干什么？"

"玩啊。"

"你爸妈知不知道？"

"我偷跑出来的。"

"都跑出星球了，你真行。"

然后他就请当老师的妈妈跟学校说情，让这个男孩儿和他一起上学，借读的，不用花钱。结果这个男孩儿上课第一天把乒乓球台子搬起来，放在王子上体育课的地盘里；用代码跟电脑吵架，把它气得当场短路。那群欺负他的学生又想围殴，被他像扔土豆一样，东一个、西一个地扔老远，有一个趴在地上直嚷："肋骨断了！"男孩儿说："你撒谎，我看得清清楚楚，你的肋骨好好的。"那群人又像被鬼撵了一样哇哇叫着跑掉了。

时间久了，大家都知道这里有一个小外星人。同学们经常会看见一个钢琴晃晃悠悠从东头的 101 教室到西头的 110 教室，后边跟着音乐老师，一边悠哉地把手插裤袋里走，一边说："慢一点，外星人同学。"

王子的破自行车也被外星人骑到了半空，链子嘎吱吱响，卖菜老汉捂住菜冲上边嚷："喂，你小子吓尿了裤子不许淋我菜上。"王子坐在自行车后座上哈哈大笑。回到家，小外星人被王子的妈妈揪住耳朵一顿训："显摆你能是不是？万一掉下来，瞅你把零件都摔散了怎么回家！"外星人嘟囔着说："我不是零件做的……"

三年过去了，初中毕业，不知愁的少年人也开始唱起骊歌。

晚上，王子和小外星人坐在高高的水塔上，凉凉的夜风吹起王子一身的鸡皮疙瘩。天上的星星亮晶晶，哪颗星星是你的家呢，小外星人？

然后就听见小外星人说："我要回家了。"

"回家？别回了吧，都三年了，你爸爸妈妈早给你生弟弟妹妹了，不差你一个。"

"你们这里一年，是我们那里的一分钟。"

"可怜，"王子同情地说，"那你们只能活七八十分钟哦？"

"不是。我们也活七八十年，不过是我们星球的七八十年。"

"那你们都是老不死的神仙了？"

"呃……"

王子忽然想起一件事："超人是不是你们派来的？"

没想到小外星人一本正经地说："拯救地球是他的课后作业。"

然后，两个人沉默了。一会儿小外星人说："王妈妈做的菜很好吃，地球上有的人有点小坏，可是总的来说很好。你也好，很好的那种好。所以我希望我以后的课后作业也是拯救地球。"

王子说："可是，等你来拯救地球的时候，我都死了。"

王子拼命眨眼睛，仰头看星空。然后感觉小外星人抱住他，在漫漫星空下飞翔。小外星人在他的耳边说："我会想念你的，很想的那种想。"王子目送着小外星人越飞越远，像一个小黑点，一会儿又像炮弹一样返回来，说："我说的很想，是用我的一辈子，怀念我们的三分钟。"

从此，地球的一个角落里，多了一个爱看星星的人，因为他不知道小外星人会从哪颗星星来，所以就一直一直仰望。

载于《少年文学》

只有人与人可以产生友谊吗？我想不是的。我们可以跟任何事物产生感情，比如宠物，比如花草。

那些年，我们都学会了为爱承受原本不能承受的重

文 / 雪炘

> 我宁肯为我所爱的人的幸福而千百次地牺牲自己的幸福。
>
> ——卢梭

一

"快跟我去医院……"

我还没反应过来，就被小丝拉着狂跑起来。

我猜不出发生了什么事。

一切都被奔跑搅乱，我只能看到她嘴巴一张一合，然后加速奔跑。

推开门，蕾子面色如纸地躺在床上，血液猛然涌上我的头顶："你怎么了？"

蕾子一把搂住我的脖子，像个受伤无助的小孩儿，歇斯底里地哭着。我听不清楚她的发音，只觉得她的心脏仿佛跳出了心房，震动了我神经可以触及的每个角落。

二

坐在通往重庆的车上，我盯着窗外，耳畔很静。

忘记我们是什么时候认识的，曾经的一切都在我的记忆里模糊不清，只记得他的一段自我介绍：

"你好，我是高三（12）班的花木林，就是你的学长，也算是校友了。你是新生，对学校的环境应该不熟悉吧，以后有什么问题可以来找我，我们教室就在东3楼第二个教室。你的文章写得很好，思想很透明，我想和你做朋友，可以吗？"

从我在校园论坛上贴文章开始，便得到很多校友的支持，朋友接二连三，在论坛里聊得热火朝天。只是这些人中女生居多，男生几乎没有，他应该是第一个。但生活中认识我的人很少，确切地说，是我不希望被认识。

小丝看完他给我的几封风格一致的私信，在QQ上大笑，"花木林是不是花木兰的曾孙？人家替父从军，他会做什么？哎，要不，我帮你去探探底？"

"你？！"

这点子也可以用在生活中啊？偶像剧里常常这样，开始是帮忙去探底，紧接着就是爱上人家，最后发展为三角恋。想想都恐怖。但花木林好几次要见面，所有的理由都被我用光了，实在消磨不了他锲而不舍的精神。

我不会爱上男生，男生更不会爱上我，虽然有些悲催，但绝对不会出现三角恋。如果花木林爱上小丝，或者小丝爱上花木林，要么他们直接相爱，那我也算积德了。

通过以上的缜密思考和分析，我决定让小丝假扮我去赴约，于星期天下午5点在学校对面的书店里碰面。

三

星期天下午，我如往常坐在教室里，等着上自习。

离上课还有不到十分钟的时间，小丝疯疯癫癫地跑进教室，说我亏大了。她笑得小脸通红，还不忘时刻整理着过长的斜刘海，打嗝儿似的说

着话。

这笑声引无数校友竟崴脚，教室门口时不时探进脑袋，本班男生断断续续发出嘲讽声："丝姐，您是拾金自昧了，还是……哈哈！"

本想反击，可班主任来得不偏不倚，她便顺势溜回座位。班主任点名方式很有趣，总是问谁没来，每次她都会小声嘀咕，没来的都不在教室。而这一次，她却第一个大声说："严蕾没来！"

班主任调查情况，她只好站起来支支吾吾。

"报告！"

一个穿着灰色男式外套的长发女孩儿，脸庞像火炉似的，低着头快步走向座位。神哪，我得罪了哪位仙人，恬静温柔的蕾子竟然这样了？

我不寒而栗。

四

已是深冬。

我继续活跃在校园论坛上，仍旧收到花木林的评论，只是他不知道和自己很熟的女孩儿并不是我。虽然他经常和我聊天，我经常见到他，我们也经常议论他，但他不认识我，也不曾说过一句话，我只在他生气小丝叫他"小日本"时笑笑。

寒假将至，在大家的兴奋中，我却听到蕾子对小丝的深深叹息："我们能不能不要互换角色了？这样对他不公平，对我们也不公平。"

小丝立马意识到蕾子喜欢上花木林了，虽然她极力否认，但事实总是不能被掩饰的。他的一笑一颦，他的一言一语，他的举手投足，都会被蕾子当作经典来讲述。我和小丝面面相觑，接着阴阳怪气咳了几下，她便脸红如朝霞。

每次碰到花木林，我和小丝就会不自觉地为他让出一条道，笑着快速离开。有时候打水、打饭很拥挤，花木林就帮我们一把，然后跟蕾子叮嘱几句便离开。相处时间久了，他便觉得我是个高傲的女孩儿，总是插着耳机自顾自地听着，最多只对他笑一下。蕾子只能笑笑，她不能说出事实，也无法解释我喜欢戴耳机的原因。

生活是很奇妙的。

本来是小丝替我赴约的，因为想演出儒雅气质，便拉着蕾子作陪。碰面之后，小丝大笑，说他长得像日本鬼子。花木林觉得她肯定不是我，就对蕾子格外照顾。她不服气，跟他争吵，问他为什么要主观臆断。

小丝说话从来都是手足并用的，一不留神打翻奶茶，蕾子的外套被重度污染。见此情形，小丝便承认自己不是主角，然后逃离了现场。蕾子喊她回来，她却高喊，有花木林就没问题。

蕾子很是生气，竟然这样把朋友丢给一个陌生人，而且是在众目睽睽之下。眼看就要上自习了，她没有其他更好的办法，只能穿着花木林的外套赶回了教室。

生活就是这么具有戏剧性，有些相遇是错误状态下的欢喜。

她想挣脱这个牢笼，却怕自由之后，失去一直想要留住的东西。所以，她整个寒假都处于矛盾中，那些快乐和悲伤好像都不是她的。看她这么痛苦，我鼓起勇气，要去告诉花木林事实。她却极力阻拦，并找了一个很充足的理由，努力说服自己，说服我——

不管快乐的理由是不是真的，但快乐是真的，这就够了。

五

新学期没什么不同，时光还是那么转，蕾子在花木林面前仍是我。

教育局送来各种荣誉证时我才知道，上学期市里作文竞赛的亚军得主是我。花木林得知这个消息后，在我们教室门口透视，小丝便把蕾子轰了出去。

这是他第一次来我们班，手里拿着一串阿尔卑斯糖，像一根短路的电

线杆站在那里。而不幸的是，在剧情还未展开时，班长喊了我的大名，叫我去后台准备领奖。当我走过他面前，他脸上有的不只是迷惑，更多的是不知所措。

从此，他如同庄稼地里的野草，再没出现在曾经的庄园。我和小丝倒没什么，急的是蕾子，问怎么办。我说，都这样了，就这样呗。

就因为这句话，蕾子和我大吵，说我太冷血。我不再说什么，只是觉得心痛，好好的姐妹，竟然为了一个不相干的男生变得这么不可理喻。

我们各走各的路，各看各的风景，像一盘沙子无情地被打翻。我以为自己可以平静地从她身边走过，可每次看到她走近，心就会不由自主地狂跳。当我紧握手心擦肩而过，像经历了一场惊悚狠毒的战斗，咬着嘴唇掉下了眼泪。

是什么让我们如此倔强，我不知道，只觉得自己真的没有错。

或许我们之间的矛盾永远无法化解，只能这样沉寂下去，因为高考很快就到了。花木林和我们各在天涯，而蕾子，始终没有勇气再面对他。

六

我义无反顾地选择了文科，蕾子和小丝成了理科生，我们到了不同的班级。本来已经尘埃落定，有趣的是花木林出现在了开学典礼上，并娴熟地做着服务生。

"什么情况？！"小丝惊呼。

我诧异。

蕾子的喜悦远远大于惊讶。

后来听说他落榜了，回来复读，还在（12）班。然而，我们比陌生人更陌生，没有丝毫联系。我开始和新同学出入，过三点一线的生活，上演着习惯了的尴尬。

11月初的演讲赛是学校的死规矩，从10月开始，大家都投入准备。老同学知道我会写，于是纷纷找我写稿，我没答应。我宁愿告诉他们写作思路和方法，或者和他们讨论修改，也绝不会帮任何人写稿。

令我惊诧的是，花木林也来要演讲稿，而且是为了别人。我还没有说话，他就把纸和笔按在课桌上，表情比严冬还冷酷："你是撒谎成习吗，有时间看课外书，没时间帮同学写稿？"

我瞪了他一眼，继续看书。

"你把别人当傻子吗？被你骗了就自认倒霉，连一句解释和抱歉都没有，你继续逍遥自在……"

"砰——"

我把手里的书重重摔在课桌上，揪住他的衣服，在众人瞩目中位移到操场。

"想报仇吗？"

不知他是被这句话镇住，还是被我的声音吓到，愣了大半天。当小丝和蕾子赶来，问发生什么事时，他才装出比哭更痛苦的笑容："没事，没事。"

奇怪的化学反应就此展开，我和蕾子和好如初，他和蕾子成了朋友。我看不到原因，也找不到分水岭，仿佛从我们把背影丢给他的那一刻起一切都变了。

七

我对他视而不见，这么滑稽的人，我连微笑都省了。

元旦晚会要求各班出节目，我和十几个女生被选，一起编了舞蹈。每天放学，我们都在教室里排练，蕾子和花木林准时探班。排列队形时，我发现去一个人会更好，但又不想去任何一个。这时，便听见有人说："你自己退下嘛，反正跳舞不能戴助听器，很难跟上节拍。"

"你会不会说话啊？！"花木林一跃而起。

"少废话！"我一脚踹翻一张课桌，压得他动弹不得。

20 天后。

大幕拉开，灯光、音乐就位，我们尽情舒展舞姿，像梦幻精灵跳跃在舞台上。音乐渐渐接近尾声，大家各自到达落幕的位置。我脱离队列，在最前方摆出造型，扬起高傲的嘴角，扫视全场。

在掌声雷动的那一刻，一切都已释怀。

花木林不敢看我的眼睛，说我的眼神透露着女王的气势，仿佛所有人将被征服。他入伍时，我们去饯行，他依然这么说。

凛冽的寒风刺痛着脸庞，我才发现我们习惯了他笑比哭更痛苦的表情，也习惯了他执拗的言行。蕾子不住地点头，点着点着，眼泪就掉了下来。

八

空间距离使我们亲近了许多。

部队不能带手机，他每次都排很久的队，给我们打电话，还经常开玩笑说，他当兵除了保家卫国，还为了更好地保护我们三个。

他第一次回家探亲，我们已是大学生，他便跑了三所大学。后来，我们去部队看他，他开心得像个孩子，请假带我们去玩。那时候，他已是班长，他的兵问哪个是嫂子。他说："这三个，一个温柔，一个凶悍，一个是女王，你们觉得是哪个？"

他的兵齐喊："女王！"

他用帽子磕他们的头，说，笨死了，那我不成太监了？

虽然这个逻辑是错误的，但不可否认，只有蕾子适合爱情。小丝太散漫，我太注重前途，而蕾子小家碧玉。她可以为他守候，为他照顾好家庭，做一名合格的军嫂。

他在执行任务中受伤了，听到这个消息，蕾子当场晕倒。虽然伤得很重，但他还是扛住了，他说军人从不食言。当我们赶到重庆，他已度过了危险期。蕾子抛开哭泣，细致入微地照料他，并讲起这些年和那些年的事。

失恋、受伤、彷徨、奋斗，我们都经历了，曾经很冒险的梦也渐渐成熟。像花木林的承诺和蕾子的爱情一样，梦想让我求生，使我坚强。当我曼妙地起舞，当我把音符从钢琴中准确弹出，当我用不清晰的语言清晰交谈，谁又能想到我原本是聋哑人呢？

诚然，爱总给人不死的力量，使我们坚定地走每一步，为它承受原本不能承受之重。

载于《新青年》

生命是轻薄的，因为爱，才使它厚重了起来。我们曾经是弱小的，后来就有了力量。我们懂得如何去爱一个人，我们因此长大。